Lady Valkyrie Colección Oeste

coleccionoeste.com

Viajero peligroso

J.J. Montana

Lady Valkyrie Colección Oeste

Lady Valkyrie, LLC
United States of America
Visit *ladyvalkyrie.com*

Published in the United States of America

Lady Valkyrie and its logo are trademarks
and/or registered trademarks of Lady Valkyrie, LLC

Lady Valkyrie Colección Oeste is a trademark
and/or a registered trademark of Lady Valkyrie, LLC

J.J. Montana and its logo are trademarks
and/or registered trademarks of Lady Valkyrie, LLC

First published as a Lady Valkyrie Colección Oeste

Design and this Edition © Lady Valkyrie

Library of Congress Cataloguing in Publication Data available

Índice por Capítulos

Capítulo 1

La situación no podía ser de otra manera. Y no tenía muy buena pinta, desde luego.

No parecía que iba a cambiar de opinión.

—Yo creo, Joe, que debemos pertenecer a esa asociación de ganaderos, para tranquilidad nuestra.

—Mientras Rogers Harley siga siendo el presidente, nunca seré parte de ese grupo.

—Pues debieras hacerlo. Todos están contra nosotros y las cosas se van poniendo feas.

—No insistas, Jim. Si lo deseas puedes marcharte. Puedo hacerles frente, yo solo.

—No es que tenga miedo, Joe. Es que creo que sería mucho más sensato vivir tranquilos que no enfrentados a todos los rancheros.

—¡Si son idiotas, es algo que no me preocupa!

—Puede que seas tú él que esté equivocado.

—No, Jim, no estoy equivocado y no tardando mucho, podré demostrarte que ese Rogers Harley es un cuatrero vestido de caballero.

—Eres un tozudo, Joe.

—No olvides que, aunque me crié aquí en Nevada, nací en la grandiosa Texas y mis padres eran de allí.

Jim, sonriendo, se encogió de hombros. Pocos minutos después dijo:

—¿Has pensado en que Rogers Harley puede hacernos mucho daño si se lo propone?

—¿A qué te refieres? —Preguntó Joe

—¡No permitir que nos compren el ganado...!

—Eso no puede hacerlo.

—No directamente. Pero, como presidente de la asociación, puede negarse a vender nuestras reses y eso asustará a los compradores.

—Todo se solucionará, no te preocupes. Vamos ahora a ver a esos caballos que cazamos el otro día. Hay uno que, una vez domado, será la envidia de todos los rancheros y cowboys.

—¿A cuál te refieres?

—A «Renegado».

—No sé cuál es. Pero por ese nombre, sólo te conozco a ti —dijo Jim, sonriendo.

—Es lo más veloz que puedes imaginarte. Le cacé durante tu ausencia en las proximidades del desierto. ¡Es algo maravilloso!

Joe Baxter era propietario de un hermoso y extenso rancho en las inmediaciones de Virginia City, y Jim Boyd era su socio.

Los dos eran muy jóvenes, ya que ninguno llegaría a los treinta. Ambos eran muy altos y temidos por su habilidad con las armas. Además, también estaban considerados como los mejores jinetes del territorio de Nevada.

A continuación, Joe llevó a su amigo y socio hasta la parcela en que se hallaba un caballo de estampa maravillosa.

Jim hizo grandes elogios del caballo olvidándose de la conversación que minutos antes sostenían.

—Tienes razón. ¡Es el caballo más bonito que han visto mis ojos! —Exclamó, entusiasmado, Jim.

—Pero no te fíes de él. Es una fiera. Sin embargo, pronto será tan manso como los demás.

—Desde luego, no has podido elegir otro nombre tan adecuado. ¡Es un verdadero renegado!

—Pero dentro de una semana, a lo sumo, estará en condiciones de sociabilidad como para ser montado por un jinete primerizo. Me ha aceptado. Nos estamos entendiendo muy bien.

—No creo que lo consigas.

—Te demostraré lo contrario.

Y, charlando acerca del caballo, se dirigieron a la vivienda.

Los vaqueros saludaron con alegría a Jim, ya que hacía un mes que faltaba del rancho por haber tenido que ir a San Franscisco a resolver unos asuntos.

—¿Qué tal siguen las cosas por aquí, Joe?

—Igual que cuando te fuiste.

—¿Alguna bronca en el pueblo?

—No. Te aseguro que no he ido una sola vez al pueblo por complacerte.

—Lo dudo —dijo Jim, sonriendo

—Puedes preguntar a los muchachos.

—No es necesario. Me alegro que haya sido así.

—¿Sabes quién murió? Otto Keefer.

—Lo siento de verdad, Joe. ¿Y Paula?

—Está muy preocupada. Sigue de maestra. Pero su padre le dijo, poco antes de morir, que tenía que casarse con Stuart Redmond, ya que era un compromiso que había contraído con el padre de ese sinvergüenza en sus años mozos.

—¡Pero eso es una locura!

—Eso es lo que yo le he dicho, pero ella, como es la última voluntad de su padre, esta dudando. Temo que al fin se decida a hacerlo.

—No lo creo. No es un secreto para nadie que está enamorada de ti.

—Lo sé.

—¡Pero es que tú eres demasiado tonto! —Exclamó Jim—. Si fuera de mí de quien se hubiera enamorado, te aseguro que a estas horas ya la habría hecho mi mujer.

—No me atrevo a decirle que la amo.

—Si lo deseas lo hago yo por ti.

—No; ¡eso no...!

—Pues entonces decídete de una vez y no pierdas más tiempo. Además, estoy convencido que es lo que ella espera.

—No te comprendo.

—¡Sólo entiendes de caballos! —Exclamó Jim enfadado al tiempo que se alejaba del amigo.

Joe corrió tras él y le dijo:

—¡Un momento, Jim...! Te aseguro que no te he comprendido.

Jim se detuvo y, contemplando a su socio y amigo, repuso:

—Paula está esperando a que vayas a decirle que la amas. Una vez que se lo digas, ya podrás comprobar por ti mismo que se olvidará de la última voluntad de su querido padre, aunque ello le duela mucho.

Joe quedó paralizado, rascándose la cabeza.

—¿Estás seguro de ello, Jim?

—Es muy sencillo comprobar quién está en lo cierto. ¡Ve a visitarle y díselo!

Joe guardó silencio y, al cabo de unos minutos, dijo:

—Lo haré dentro de unos días.

—Si pierdes el tiempo, ¡verás lo que te sucede!

Entraron en la casa y la vieja que atendía a los quehaceres de la vivienda, salió a abrazar a Jim.

—¡Hola, Lorraine! —Exclamó Jim abrazando a la vieja—. ¡Cada día estás más guapa!

—¡No has cambiado nada, siempre con tus tonterías!

—¡Dame algo de comer que me haga olvidar todas las porquerías que me han servido por ahí!

La vieja Lorraine sonreía complacida escuchando estas palabras.

—Pronto te serviré algo que te recuerde lo bien que se vive en este paraíso.

Los tres reían de buena gana.

Después de comer, hablaron de los asuntos del rancho y Jim insistió en que debían ser miembros de la asociación de ganaderos.

—Si quieres hacerlo, nadie te lo impide, Jim —dijo Joe—. Pero piensa que será contra mi voluntad.

—Quiero convencerte.

—Mientras ese Rogers Harley continúe de presidente, no quiero nada con esa asociación. ¡Huele a cuatrero a muchas millas!

La vieja Lorraine escuchaba en silencio. Esa misma conversación la había oído infinidad de veces y siempre era Joe quien conseguía convencer a Jim para seguir como estaban.

—Joe, no puedes decir tales cosas por la sencilla razón de que un hombre no te agrade. Esa forma de ser te traerá muchos disgustos.

—¡Es algo que no me preocupa...! Además, te aseguro que mi olfato no me engaña.

—Yo estoy de acuerdo con Joe —dijo la vieja—. Ese Rogers Harley es un hombre frío y calculador y, por tanto, no puede ser bueno.

—Eso no es un motivo suficiente.

—Te aseguro que, no tardando mucho, demostraré a todos los inocentes rancheros que se han fiado de él, que estaban equivocados con ese caballero.

Jim miró muy serio a su amigo y preguntó:

—¿Has averiguado algo?

—No. Pero no tardaré en hacerlo.

—El pasado de un hombre, Joe, es algo que debe olvidarse. Recuerdo que nosotros llegamos aquí hace cinco años huyendo de un sheriff que demostró ser muy tozudo. Si los rancheros que aseguran que son honrados, lo supieran, estoy seguro de que tratarían de arrojarnos inmediatamente de aquí.

—Pero tú sabes que aquello fue una injusticia.

—También puede ser una injusticia el pasado de ese Rogers a quien odias.

—No le odio, Jim, lo único que hago es no fiarme de él. Te aseguro que conseguiré las pruebas suficientes para convencerte acerca de ese caballero.

Después de mucho discutir, Joe convenció nuevamente a Jim, y éste dijo:

—De acuerdo. Esperaré un mes más. Si en ese tiempo no has descubierto algo que me convenza de tus temores hacia Rogers Harley, ingresaremos en la asociación.

—De acuerdo —dijo Joe, contento.

—¿Vamos al pueblo?

—¡Vamos!

—Pero primero, me tienes que prometer que no buscarás problemas.

—Te lo prometo. Pero también te aseguro que no me contendré si son ellos los que me buscan.

—Si fuera así, ya sabes que te ayudaría.

Y, riendo, salieron los dos de la vivienda después de despedirse de la vieja Lorraine.

—¡Tenéis que prometerme que tendréis mucho cuidado...! —Preocupada, gritó la vieja mujer, cuando los dos emprendían el galope—. ¡Ya sabéis que no sois excesivamente estimados!

Los dos muchachos le sonrieron al tiempo que le decían adiós.

Los habitantes de Virginia City les contemplaban sin interés.

El sheriff, que estaba sentado bajo el porche de su oficina, les observó con curiosidad, comentando con un viejo que había a su lado:

—Esos dos muchachos tendrán serios disgustos si se encuentran con los hombres de Rogers o Stuart.

—Pues yo lo sentiré por los hombres de esos dos caballeros.

—Tienen con ellos a hombres muy peligrosos.

—En una pelea noble, nunca podrán con esos dos.

—Les estimas mucho, ¿verdad

—He de confesar que me resultan muy simpáticos.

—Y con Rogers, Stuart y sus hombres te sucede todo lo contrario, ¿no es así?

—Es lo mismo que te ocurre a ti.

—Tienes razón. Pero Rogers es el verdadero dueño de esta comarca.

—Es cierto; todos le obedecemos, aunque no nos agrade hacerlo. Menos esos dos muchachos. Creo que por eso les estimo.

—Pues si cuando se presenten Forrester y Slidell, están todavía aquí, creo que mañana tendremos que ir de entierro.

—Debieras evitarlo como sheriff que eres.

—Ya sabes tú, que no me hacen mucho caso.

Joe y Jim desmontaron ante uno de los saloons que había en la ciudad, y entraron.

—Voy a hablar con ellos —dijo el viejo que charlaba con el sheriff.

—¿No te metas en problemas...!

—No debes preocuparte; ya soy muy viejo y nadie me hace caso.

Y dicho esto, se dirigió al local en el que acababan de entrar los dos jóvenes.

Los reunidos contemplaban a los dos amigos con curiosidad.

Joe y Jim no comprendían aquellas miradas.

—No se lo que pasa. Parece como si no nos hubieran visto nunca —comentó Joe.

—Algo debe pasar —dijo Jim.

—No te preocupes de ellos y bebamos, que es a lo que hemos venido.

Estaban bebiendo tranquilamente, cuando se aproximó Bend.

—Me alegra veros por aquí de nuevo, muchachos. Creí que os habríais marchado definitivamente.

—Hola, Bend —saludaron los dos jóvenes al mismo tiempo—. ¿Un whisky?

—¡Ya lo creo! —Exclamó Bend, contento.

—¿Sigues sin trabajar? —Preguntó Joe.

—Nadie quiere darme trabajo. Aseguran que ya soy un inútil y creo que en parte no se equivocan.

—Pues si lo deseas, puedes ir a nuestro rancho.

—¿Y qué es lo que haría?

—Puedes ayudar a la vieja Lorraine en la cocina. Ganarías veinticinco dólares al mes y el trabajo no te mataría.

—¡Acepto! —Exclamó Bend tendiendo la mano a Joe.

—Esto hay que celebrarlo —dijo Jim—. Acabamos de contratar al que fue el mejor cowboy de Arizona.

—No lo digas en broma, Jim. Creo que aún podría

enseñarte muchas cosas.

—No lo dudo, Bend —agregó Jim, sonriendo.

—¿Dónde habéis estado metidos estos días?

—Yo he estado en San Francisco —repuso Jim—. Y Joe en el rancho.

—¡En el rancho...! —Exclamó Bend.

—Sí. No debe extrañarte, Bend —dijo Joe—. Prometí a Jim que no saldría de allí hasta su regreso.

—¿Por qué motivo...?

—Porque Jim asegura que soy demasiado impulsivo.

—Pues no debiste hacer caso de Jim.

—¿Por qué?

—Porque los vaqueros de esos dos caballeros han hablado mucho de vosotros.

—Entiendo. ¿Será por ese motivo que nos miran todos de esa forma tan misteriosa?

—Es que Forrester, el capataz de Rogers, y Slidell, capataz de Stuart, han asegurado que si no veníais por aquí, es porque teníais miedo a encontraros con ellos. Hace unos días que los dos han afirmado que tan pronto como os vieran en el pueblo os echarían de él disparando sobre vuestros pies para obligaros a correr.

Los dos amigos guardaron silencio mientras se miraban entre ellos.

—Creo que Bend está en lo cierto —comentó Joe—. No debía escuchar tus palabras.

—No debes preocuparte, Joe —agregó Jim—. Si lo que desean es que les demos una lección, se la daremos.

—Mucho cuidado con ellos —advirtió Bend—. Son dos pistoleros peligrosos.

—No te preocupes por eso. Tampoco nosotros somos mancos, ¿verdad, Joe?

Y los dos amigos se echaron a reír.

(J.J. Montana)

Capítulo 2

Minutos más tarde de la entrada de Jim y Joe en el saloon éste se abarrotó de clientes, que les contemplaban, con curiosidad mientras bebían.

—Todos ésos vienen a presenciar cómo os expulsan del pueblo —observó Bend—. Y seguirán viniendo más. No habrá uno sólo en el pueblo que quiera perderse el espectáculo.

—Pues yo te aseguro que se van a llevar una gran decepción —declaró Jim.

Bend tenía razón; cada segundo que pasaba, iban acudiendo más clientes.

—Creo que debierais marcharos antes de que esos dos pistoleros se presenten —murmuró en voz baja Bend.

—Sería otra equivocación —agregó Joe—. Yo, por lo menos, me quedo.

—Nos quedamos —dijo Jim—. Si ellos nos buscan, nos encontrarán.

Joe miró contento a su amigo. Empezaba a ser el Jim de otros años.

Media hora más tarde, un silencio absoluto se hizo en todo el local.

Joe y Jim miraron a la puerta en busca del motivo de aquel silencio.

Allí estaban, muy sonrientes, Forrester y Slidell, en compañía de cinco vaqueros.

—¡Tened mucho cuidado, muchachos...! —Advirtió Bend en voz baja.

Dicho esto, se separó de ellos.

—¡Pero qué sorpresa! —Exclamó Forrester fijándose en los dos amigos—. ¡Si son Joe y Jim en persona!

—Ya me había dado cuenta de la presencia de esos dos cobardes —agregó Slidell, provocador.

—¿A qué vienen esos insultos, Slidell? —Preguntó Jim sonriente.

—¿Desde cuándo fueron insultos llamar por su nombre a las personas?

—Todos saben muy bien que, de haber algún cobarde aquí, sois vosotros —dijo Joe impaciente.

—Debes calmarte, Joe —aconsejó Jim—. No debes perder el control de tus nervios.

—Solamente los pierdo cuando me encuentro frente a cobardes indeseables como ésos.

—¡Vaya un valor que está demostrando tener ese larguirucho! —Exclamó uno de los acompañantes de Forrester y Slidell—. ¿Acaso no os conoce?

—¿Tú, eres forastero? —Preguntó Joe al que acababa de hablar.

—Sí —respondió el aludido—. Soy un nuevo vaquero de Stuart Redmond.

—Ahora comprendo tu sorpresa. ¿Qué te dijeron esos dos cobardes de nosotros? Estoy seguro de que te engañaron. Pero como yo no quiero que ningún inocente tenga que pagar las culpas y errores de dos bravucones, te advierto que será muy saludable para ti que no intervengas para nada en eso.

Forrester y Slidell soltaron una carcajada tremenda, contagiando a los otros acompañantes.

—¡Si te hubieran conocido, Crow, no hablarían así! —Exclamó Forrester.

Joe y Jim, sin dejar de vigilar a los demás, se fijaron con detenimiento en el llamado Crow.

Era un hombre muy enjuto y, a juzgar por su actitud, excesivamente sereno y frío, lo que les indicaba que debía ser peligroso.

—Lo único que estoy comprobando es que no son tan cobardes como me los habíais pintado —comentó sonriente, Crow.

—¿Qué te dijeron de nosotros? —Preguntó Jim.

—Me aseguraron que no salíais de vuestro rancho por temor a encontraros con ellos —respondió sereno Crow.

Forrester y Slidell le contemplaron un tanto incomodados y el primero dijo:

—¡Y todos los habitantes de Virginia City también saben que es así!

—No puedo explicaros el verdadero motivo de nuestra ausencia porque estoy totalmente seguro de que no lo creeríais —agregó, sonriendo, Joe.

—¡Sois dos cobardes y tendréis que salir del pueblo para no regresar nunca más a él! —Gritó Slidell.

—Seria una gran injusticia por vuestra parte, ya que no os hemos hecho nada —observó Jim, ante la sorpresa general.

Crow contemplaba a los dos amigos con mucha curiosidad y gran fijeza.

—Ya ves que no hemos mentido al hablarte de ellos —dijo Forrester—. Jim acaba de confesar su miedo.

—¡No...! No debes interpretar mal mis palabras,

Forrester —declaró Jim—. Te aseguro que cualquiera de nosotros podría jugar con vosotros llegado el momento de ir en busca de las armas.

—Espero que seáis más sensatos y no nos obliguéis a manejar el «Colt» —dijo Slidell—. Es preferible que salgáis de Virginia City para no regresar jamás mientras nosotros sigamos aquí.

—Empiezo a sentir un miedo atroz, Jim —dijo, cómicamente temblando, Joe—. Yo creo que debiéramos escuchar las palabras del inofensivo Slidell.

Los testigos sonreían escuchando la discusión.

Crow no hacía otra cosa que observar a los dos amigos. Estaba seguro de que aquellos dos muchachos eran mucho más peligrosos que lo que le habían asegurado.

—¡Basta...! ¡No me obliguéis a hacer algo que no deseo! —Gritó totalmente enfurecido, Slidell—. No soy hombre de mucha paciencia.

—Jamás me agradaron los impacientes —dijo Jim—. Y te aseguro que más de uno viviría aún de no haber perdido el control de sus nervios. No debes olvidarlo por la cuenta que te tiene.

Crow sonreía escuchando la conversación. Ahora, ya, estaba plenamente convencido de que sus amigos le habían engañado acerca de aquellos dos muchachos.

—Por última vez; será preferible que regreséis a vuestro rancho y permanezcáis encerrados, como lo habéis hecho durante todo el mes pasado —dijo Forrester—. Será mucho más saludable para vosotros, ya que la próxima vez que os encontremos no nos conformaremos con expulsaros del pueblo, sino que procuraremos daros el suficiente plomo para un descanso eterno.

—Yo no puedo resistir esto, Jim. Creo que voy a marearme. ¡Estoy temblando!

—No me extraña nada, Joe. Creo que me sucede a mí

lo mismo —declaró en el mismo tono burlón, Jim.

Los testigos sonreían ante estas palabras.

Crow intervino para decir:

—Creo que no conseguiréis asustar a estos muchachos. Y no debéis fiaros demasiado de ellos. ¡Son peligrosos!

Forrester y Slidell miraron al amigo con sorpresa. No comprendían aquellas palabras.

—No comprendo que, conociéndonos como nos conoces, hables así, Crow —dijo Slidell.

—Conozco a los hombres —declaró Crow— y puedo aseguraros que, llegado el momento, seríais vosotros los que llevaríais las de perder.

—¡No me hagas reír! —Gritó Forrester.

—No pretendo hacerte reír. Sino prevenirte contra esos dos muchachos.

—Veo que la fama de Newman como hombre inteligente no es una fantasía —dijo Jim mirando fijamente a Crow—. Ahora comprendo que hayas triunfado sobre enemigos que eran mucho más peligrosos que tú. Supiste conocerles a tiempo.

Crow, Slidell y Forrester se miraron extrañados.

—Mi nombre es Crow —dijo éste, muy serio.

—Puede que sea así, pero hubo por Oregón un personaje llamado Newman que era muy parecido a ti.

—No comprendo por qué has de andar con tantos rodeos, Jim —dijo Joe—. Ese es Newman, el pistolero sanguinario de Oregón, y tú lo sabes mejor que yo.

—Puede que estemos equivocados. Además, mientras no se meta con nosotros, puede hacer lo que quiera aquí. ¿Quién te contrató?

—Eso, a ti, no te importa nada —respondió, muy serio, Crow, pero sin negar que era el personaje famoso de Oregón.

—Te equivocas; me importa mucho —declaró Jim—.

Ya que ello indica que tu patrón, al admitir a un famoso pistolero en su rancho, no es tan buena persona como imaginan en este pueblo.

—¡Le admití yo! —Gritó Slidell—. ¿Sucede algo?

—Nada. ¿Se conocían de antes?

—¡Eso no creo que pueda importarte mucho!

—¿Anduviste también tú por Oregón?

—¡No! ¡Jamás...!

—Entonces, ¿dónde le conociste?

—Creo que me estas resultando un chico demasiado curioso —respondió, sereno, Crow—. Y te aseguro que jamás me agradaron los curiosos.

—Con nosotros te advierto, Newman, que no te valdrán tus trucos —dijo Joe—. Estamos acostumbrados a eliminar a todo reptil venenoso y no nos dejamos sorprender por sus trucos. No debes olvidarlo llegado el momento de iniciar tu viaje hacia el arsenal.

Crow palideció visiblemente, pero guardó silencio. No se atrevía, sin saber por qué, a responder como estaba acostumbrado a hacerlo en las mismas circunstancias.

Aquellos dos muchachos le imponían respeto. Les veía vigilantes y sabía que cuando se atrevían a hablarle en aquella forma, a pesar de haberle reconocido, era debido a que estaban seguros de sí mismos.

Forrester y Slidell, que esperaban que Crow fuera a sus armas ante aquel insulto, se sorprendieron mucho al ver que no era así y por ello contemplaron al amigo con curiosidad y malestar.

—Estás decepcionando a tus amigos, Newman —dijo Joe—. Esperaban que hubieras iniciado el viaje hacia las armas para resolver de una vez este asunto, pero al no hacerlo, me demuestras que eres excesivamente peligroso e inteligente. No olvides que te vigilo con atención. El menor movimiento puede costarte la vida.

—¡No comprendo qué es lo que te sucede, Newman! —Exclamó Slidell—. Por mucho menos he visto caer a varios frente a ti.

—Yo creí que, efectivamente, se llamaba Crow —dijo, burlón, Jim—. Pero ya veo que estábamos nosotros en lo cierto. Es Newman el hombre más odiado de Oregón.

Crow o Newman, miró con odio a Slidell y éste no pudo evitar el temblar. Pero ya no podía rectificar. Era demasiado tarde.

—No tengo nada contra vosotros, muchachos —dijo sonriendo Newman—. Así que será mejor que dejemos de discutir y bebamos un trago juntos.

—¡Espera un momento! Primero hemos de cumplir nuestra promesa —dijo Forrester.

—¿Quieres decirnos cómo lo haréis? —Preguntó Joe.

—Será muy sencillo —repuso Slidell.

—¿Estás seguro?

—Pronto os convenceréis de ello.

—Como queráis —dijo Jim—. Pero sentiría tener que utilizar las armas. Lo que os proponéis hacer con nosotros es un capricho que no estamos dispuestos a consentir.

—Os obligaremos llegado el momento.

—¡Me he cansado! —Gritó Joe—. ¡Levantad las manos! Todos quedaron sorprendidos.

Veían a Joe con dos largos «Colt» firmemente empuñados y no comprendían cómo había conseguido desenfundar.

A la mayoría más bien le parecía que las armas fueron en busca de las manos y no éstas en busca de las armas.

El más sorprendido era Crow o Newman. Acababa de comprobar sus pensamientos. No se había equivocado al juzgar a aquellos dos muchachos.

Forrester y Slidell, así como sus acompañantes, levantaron las manos asombrados y asustados.

—Espero que seáis lo suficientemente sensatos y os alejéis de aquí dejándonos tranquilos y sin obligarnos a utilizar las armas —agregó Joe—. Sentiría que me obligaseis a disparar sobre vosotros.

Forrester, sonriendo forzadamente, dijo:

—Sólo era una broma, Joe. Nosotros no pensábamos haceros nada, y...

—Hasta ahora, creía que eras solamente cobarde, pero no embustero —le interrumpió Joe—. Será preferible que no sigas hablando. Odio a los cobardes pero desprecio a los embusteros.

Forrester tragó saliva con dificultad y miró a Joe con profundo odio.

Slidell que, poco a poco, se había rehecho de la sorpresa, dijo, más sereno:

—Confieso que no te creí tan rápido; pero no hay la menor duda de que has sabido sorprendernos, ya que no esperábamos que fueras a tus armas.

—¿Qué quieres insinuar?

—Que no siempre tendrás la misma suerte. La próxima vez que nos encontremos, no te será tan fácil sorprenderme.

—¿Qué piensa de todo esto, Newman? —Preguntó Joe.

—Estoy de acuerdo con Slidell —repuso sonriente—. Yo estaba distraído y no pensaba que fueses a tus armas. Por tanto, para mí, ha sido una sorpresa verte con ellas ya empuñadas.

—Mala respuesta —dijo Joe, sonriendo—. Creo que Jim estaba equivocado al suponer que eras inteligente.

—Tienes razón, Joe. Ahora me he dado cuenta de que me había equivocado con él —declaró Jim.

—Será preferible que dejemos de discutir —observó Newman—. Ha dicho bien Slidell; no siempre tendréis tanta suerte.

Y dicho esto, se dirigió hacia la puerta.

—¡Un momento! —Exclamó, Joe.

Newman y sus amigos se detuvieron.

—¿Qué deseas? —Preguntó Newman.

—Jamás me ha gustado dejar enemigos sueltos para que puedan disparar sobre mi espalda. Así que será preferible que nos enfrentemos ahora.

—Nuestro ánimo —dijo Newman sonriendo—, después de tu sorpresa, no está en condiciones de enfrentarse con vosotros en estos momentos.

—Podéis esperar a tranquilizaros. No tenemos prisa, ¿verdad, Jim?

—Así es.

—No debemos pelear —dijo Forrester—. Ya te he dicho que nosotros no pensábamos haceros nada; era una broma que debéis olvidar.

Joe y Jim sonrieron.

Forrester estaba demostrando ser inteligente. Se había dado cuenta de que no podrían con ellos y trataba de rectificar.

—Si lo confiesa así también Slidell, no tendré inconveniente en dejaros marchar —dijo Joe.

Slidell dudó unos segundos, pero la mirada de Forrester le convenció y repuso:

—Así es, todo era una broma.

—Eso está mucho mejor —dijo Jim con tono seco—. Pero debéis recordar esto: la próxima vez os mataremos sea o no sea una broma.

En silencio se encaminaron hacia la puerta seguidos por dos vaqueros.

Joe seguía con los «Colt» empuñados contemplándolos mientras salían.

Los testigos se miraban entre sí como si no acabaran de comprender lo que sucedía.

Pero, de pronto, de todos los pechos salió un grito de rabia para instantes después convertirse en un grito de admiración.

Newman, según avanzaba hacia la puerta, se volvió rápido como el rayo mientras sus manos iban a las armas. Cuando conseguía desenfundar, cayó muerto por un certero disparo de Joe.

—¡Suponía que trataría de traicionarnos! —Comentó Joe—. Era uno de sus trucos que infinidad de veces le dio resultado porque los enemigos se confiaban al verle marchar. Conmigo se equivocó y le ha costado la vida.

—¡Era un cobarde traidor!

Forrester y Slidell, desde la puerta, contemplaban a Joe, completamente aterrados.

Joe avanzó hacia ellos, diciendo:

—Espero que esto os sirva de lección.

Ninguno de los dos fueron capaces de pronunciar una palabra. El miedo les tenía dominados.

—Podéis marcharos —intervino Jim con voz tranquila—. Y decid a vuestros patrones que es sumamente peligroso jugar con nosotros.

No se hicieron repetir la orden. Ambos se marcharon casi corriendo de allí.

Los reunidos se aproximaron a Joe para felicitarle.

Pasados unos minutos, y después de beber un whisky tranquilamente, dijo Joe:

—Espero que esto te convenza de que estoy en lo cierto sobre mis sospechas acerca de esos dos caballeros.

—Creo que empiezo a desconfiar también de ellos.

—La amistad de Newman con ellos dice poco en su favor. Son todos iguales.

—Tienes mucha razón. De ahora en adelante seremos dos los que nos dediquemos a buscar pruebas contra Rogers Harley.

—No olvides a Stuart Redmond.

—No lo olvidaré. ¡Vámonos al rancho!

—Esto que acaban de presenciar les pondrá en guardia —observó el viejo Bend interviniendo—. Pero será peligroso para vosotros, ya que se han dado cuenta que de frente sería un suicidio.

—Tendremos que vivir sin tener ni un pequeño descuido.

(J.J. Montana)

Capítulo 3

Una semana más tarde, Joe estaba muy contento. Había conseguido domar a «Renegado» y había comprobado que, efectivamente, era el caballo más veloz y más noble que había poseído y que jamás imaginó que existiese.

Jim, al comprobar el resultado, también se había entusiasmado con el caballo de su amigo.

La fama de este caballo empezó a correr por los contornos, con gran satisfacción de Joe.

También, en lo personal, era feliz como no lo había sido hasta entonces, ya que por fin se había decidido a confesar su amor a Paula y ésta le contestó que era lo que esperaba desde la muerte de su padre para olvidarse, a pesar de su promesa, de la última voluntad paterna.

Pero las cosas se iban a complicar.

Paula estaba con los dos amigos bajo el porche del rancho de los muchachos cuando un grupo de jinetes interrumpió la conversación.

—¡Qué extraño! ¿A qué vendrán por aquí? —Preguntó, intranquilo, Joe.

—Pronto lo sabremos —dijo Jim.

Momentos después desmontaba el sheriff, sonriente.

—¿Qué le ha traído hasta aquí, sheriff? —Preguntó, sonriendo, Joe.

—Malas noticias para ti, Joe.

Joe miró a Paula y después a Jim.

—No le comprendo.

—Lo siento mucho, Joe. Acabas de ser acusado del robo de un caballo. Si no me equivoco es ese tan hermoso que está ahí.

Joe se echó a reír a carcajadas.

Jim y Paula rieron también, pero estaban preocupados por la actitud de los acompañantes del de la placa.

—¡No diga tonterías, sheriff! —Exclamó Joe—. ¿Quién me esta acusando?

—Míster Stuart Redmond y míster Rogers Harley, en nombre de la Asociación de Ganaderos.

Joe palideció, ahora visiblemente, ya que empezaba a darse cuenta que no era una broma.

—No quisiera perder los estribos, sheriff. Pero usted me conoce y sabe que eso es una vil calumnia que no estoy dispuesto a consentir.

—Ya lo sé, Joe. Pero míster Harley representa a todos los rancheros de la comarca y no tengo más remedio que atender su demanda.

—Yo soy testigo de que Joe no ha robado ese caballo y respondo por él —declaró Jim—. Y le advierto que seré capaz de visitar al gobernador para que envíe un emisario suyo a aclarar muchas cosas que suceden aquí.

—Yo sólo cumplo con mi deber, Jim.

—¿Qué piensa hacer? —Preguntó Joe muy serio.

—De momento, detenerle y aclarar esto.

—¿Y, cómo lo va a aclarar...? Porque, de la misma forma que ha escuchado su denuncia por ser él, creerá también sus acusaciones.

—Tendrás que comparecer ante el jurado.

—¿Y si me niego?

—No lo puedes hacer, Joe; eso sería colocarte al margen de la ley.

—Si la ley se desvía no es culpa mía.

—No; yo te garantizo que haré justicia.

—¿Me cree culpable?

—No.

—Entonces, ¿por qué motivo ha escuchado lo que dicen, sabiendo que soy inocente?

—Mi obligación es atender las denuncias que se me presenten.

—Ya, pero no las que carecen de fundamento, sheriff —observó Jim interviniendo.

—Yo averiguaré lo que haya de cierto en esto.

—No puedo escucharle ni atenderle, sheriff —dijo Joe—. Y créame que lo siento porque le estimo de veras.

—No tendrás más remedio que obedecerme, Joe. Te prometo que se hará justicia.

—No creo que se pueda hacer justicia cuando se comienza con una injusticia.

—Eso lo determinará el jurado.

—Y si el jurado me declarase culpable por temor a enfrentarse con míster Harley y míster Redmond, ¿qué sucedería?

—Tú eres del Oeste, Joe.

—Ya, entiendo. Es decir, que sería declarado cuatrero, sirviendo de adorno bajo el brazo sólido de un fuerte árbol, ¿no es eso?

—Si no robaste ese caballo, no tienes que temer nada.

—¿Por qué no han venido ellos? ¿Temían mi reacción?

—Soy yo, como sheriff, quien debe encargarse de estos asuntos.

—Pues yo le aseguro que ellos han mentido a sabiendas de que lo hacían.

—Eso que dices, es muy peligroso, Joe.

—Mucho más es para mí el acceder a acompañarle, ¿no lo cree, sheriff?

—Te vuelvo a repetir, que si no lo has robado, ¡no tienes nada que temer!

—¡Ese caballo me pertenece! ¡Lo cacé hace más de un mes en las proximidades del desierto y procure no volver a insinuar que pude robarlo!

—Debes tranquilizarte, Joe —dijo Paula—. Ya verás cómo todo se arregla. Acompaña al sheriff y demuestra que es tuyo.

—No, Paula, no me escucharían por temor a esos dos cobardes que se han apoderado de esta comarca e imponen su voluntad a todos. Si les acompañara, estoy totalmente seguro de que me colgarían.

—Yo te prometo hacer justicia, Joe. El jurado determinará ante las pruebas que se presenten quién es inocente.

—Está perdiendo el tiempo, sheriff —dijo, muy serio, Joe—. Y antes de que pierda la paciencia, váyase de aquí y diga a míster Harley y a míster Redmond que tengan el suficiente valor para venir ellos.

El sheriff no sabía qué hacer ni qué decir.

—Yo me encargaré de solucionar todo este asunto, Joe —dijo Jim con tono sereno—. No debes preocuparte y acompaña al sheriff.

—No, Jim; si lo hiciera, pronto me colgarían y puede que tú también sufrieras las consecuencias.

Uno de los acompañantes del de la placa dijo:

—Todo esto se puede evitar restituyendo ese caballo a su antiguo dueño.

Joe miró al que habló y reconoció a Slidell.

—Este caballo me pertenece. Han sido muchas las fatigas que he pasado para darle alcance y conseguir domarle.

—Y... ¿Cuándo echó de menos ese caballo míster Redmond? —Preguntó Jim.

—Hace varios meses —repuso el sheriff—. Por lo menos eso ha dicho.

—¿Estaba marcado?

—Sí —repuso Slidell.

—¡Eso no es cierto...! —Gritó Joe—. No hace ni quince días que le marqué.

—De eso yo soy testigo —dijo un vaquero del rancho.

—Todo se aclarará en el juicio —añadió el sheriff—. Ahora debemos dejar de discutir.

—No comprendo la razón por la cual quieren convertirte en un ladrón de ganado —comentó Paula.

—Es la única forma de poder conseguir un caballo como «Renegado». La persona que entienda de caballos, sabe que es muy difícil adquirir por dinero una alhaja como ésta.

Y dicho esto, Joe se aproximó a «Renegado» acariciándolo.

—Se te devolverá cuando se aclaren las cosas —dijo el sheriff.

—Está todo aclarado, sheriff —dijo Joe—. Váyase y diga a esos cobardes que me han acusado de cuatrero que esta tarde, en presencia de todos los habitantes de Virginia City, demostraré, sin lugar a dudas, que este caballo es mío exclusivamente. ¡Ah! Una vez que lo demuestre, puede asegurarles que les mataré ante todos los habitantes de la comarca.

El sheriff no sabía qué hacer.

La actitud de Joe empezaba a preocuparle; pero él tenía que cumplir con su deber y atender a la denuncia.

No tenía otro remedio.

—Sentiría que te negaras, Joe —dijo el sheriff—. Ya sabes que te aprecio, pero si te niegas a acompañarnos, te convertirás en un sin ley. ¡Serás un huido!

—Eso no me preocupa, sheriff. Y no me haga perder la paciencia y olvidarme que le considero un hombre honrado.

—¡Sheriff...! ¿Por que no hace algo? No debe permitir que le hablen así —observó Slidell.

—No quisiera tener que matar a nadie, Slidell —dijo Joe—. ¿Por qué has venido con el sheriff?

—Son amigos de míster Harley y míster Redmond, que se han obstinado en acompañarme. Te consideran un muchacho excesivamente peligroso con las armas.

—Pues procure llevárselos de aquí cuanto antes —dijo Joe con voz sorda—. No quisiera utilizar mis armas para hacerme comprender.

—No creas que te resultaría tan sencillo —dijo Slidell, que tenía las manos más próximas a sus armas—. Ahora no te sería fácil sorprendernos.

Joe se fijó en Slidell con detenimiento y, al fijarse en sus manos, sonriendo, dijo:

—A pesar de tu ventaja, no conseguirías utilizar tus «Colt» llegado el momento. Será preferible que escuches mi consejo y regreses a comunicar a tu patrón, que es un cobarde, y que esta tarde le cito ante todos los habitantes para demostrar que, además de un gran cobarde, es un embustero.

—¡No consiento que hables así de mi patrón!

—¿Qué piensas hacer para evitarlo?

—¡Ya lo verás!

Pero lo que vio el sheriff y quienes le acompañaban fue algo que tardaron unos minutos en comprender.

Joe, con una velocidad increíble utilizó sus armas,

hiriendo mortalmente a Slidell, al tiempo que encañonaba al sheriff y a sus acompañantes.

—Usted tiene la culpa de esto, sheriff. Se dejó engañar por unos asesinos cobardes.

—No has debido hacerlo, Joe.

—Aquí, todos hemos sido testigos de que lo único que hizo fue defenderse del ataque de Slidell —agregó Jim—. Y si hay alguien que dude, puede observar el cadáver. Ya tenía sus «Colt» empuñados. No hay la menor duda sobre sus asesinas intenciones.

—A pesar de ello, tendrás que acompañarme, Joe. Serás juzgado por lo del caballo y por esta muerte.

—No me obligue a hacer con usted lo mismo. Le juro que no lo deseo.

—Será muy conveniente que se lleve a sus acompañantes de aquí —dijo Jim con tono frío—. No me agrada nada verles en mi propiedad.

El sheriff, ante el temor de que Joe perdiera la paciencia, obligó a sus acompañantes a seguirle.

El viejo Bend se aproximó a ellos, diciendo:

—Sheriff, debes dejar tranquilos a esos muchachos

—Yo sólo cumplo con mi deber.

—Eso es lo que tú crees, pero en el fondo lo único que haces es satisfacer un capricho más de míster Harley. Este pueblo y su comarca no quedarán tranquilos hasta que esos dos personajes no hayan desaparecido.

Y dicho esto, Bend se alejó del sheriff.

Se aproximó a sus patronos, diciendo:

—Debes tener mucho cuidado, Joe. Te has convertido en un huido. No creas que Harley y Redmond dejarán de presionar muy cerca del sheriff para que éste, te obligue a disparar sobre él. Es una jugada perfecta lo que han pensado hacer: se liberan del sheriff, para poder nombrar a un amigo de ellos, y te declaran a ti como asesino huido de la justicia y poco más tarde, conseguirían hacer lo mismo con Jim.

—No lo conseguirán.

—No estés tan seguro. Si conocieras bien la maldad humana, no hablarías así.

—Ha sido en defensa propia —dijo Paula.

—Ellos no lo creerán así. Es muy conveniente que te vayas una temporada hasta que las cosas se tranquilicen un poco para ti.

—Creo que es una buena medida —dijo Jim—. Yo me encargaré, en tu ausencia, de averiguar lo que sucede con esos personajes. Iré a Carson City y hablaré con el gobernador.

—No conseguirás nada, Jim —dijo Bend.

—¿Por qué?

—Olvidas que Harley y Redmond son muy influyentes en la capital.

—El gobernador me escuchará. Yo también tengo amigos en Carson City.

—Perderás el tiempo. Ahora lo que debes hacer, Joe, es alejarte de aquí una temporada.

—¡No...! ¡No tiene por qué marcharse! —Dijo Paula entristecida.

—Paula, es necesaria que se vaya de aquí durante un tiempo —dijo Bend, con tristeza.

—Creo que Bend está en lo cierto —dijo Joe—. Me iré a California.

—Déjame que te acompañe —pidió Paula.

—¡No...! Sería una locura. No puedes abandonar la escuela ahora.

—Lo único que realmente me importa, eres tú, Joe.

—Pero será preferible que te quedes aquí. Yo te aseguro que no tardaré mucho en regresar. Un par de semanas, hasta que las cosas se tranquilicen.

—Debieras dejarme que te acompañe.

—No quiero exponerte a peligros, Paula, y estoy seguro de que tan pronto como se enteren de que me he marchado, me rastrearán, y posiblemente, no sea Slidell el único muerto.

—Debes evitar la violencia, Joe —suplicó Paula.

—Lo haré siempre que pueda, pensando en ti, pero no querrás que me deje matar, ¿verdad?

—¡Oh, no, Joe...! ¡No...! Si es imposible evitar la pelea, te tienes que defender; pero me gustaría que no fueses tú quien la provoque.

—Te lo prometo.

—Yo me encargaré de conseguir pruebas contra Harley —dijo Jim—. Ahora estoy convencido de que estás en lo cierto sobre ese personaje.

—No creas que te dejarán tranquilo, Jim. Vive siempre, completamente alerta.

—Descuida, Joe; cuando regreses, me encontrarás aquí.

Una hora más tarde, Joe salía del rancho sobre *Renegado*. Paula y Jim le acompañaron unas pocas millas. Cuando se despidieron, Paula se abrazó a Joe y le besó reiteradas veces.

—¡Piensa que te esperaré con ansiedad!

—Regresaré pronto, te lo prometo.

Paula, con los ojos llenos de lágrimas, dijo adiós a Joe hasta que éste se perdió de vista.

—Regresemos al rancho, Paula —dijo Jim—. Y no debes llorar; no le pasará nada.

—Es muy impulsivo y tengo miedo de que le suceda una desgracia.

—Descuida; después de tus demostraciones de amor, se cuidará mucho —agregó sonriendo—. Siempre dije que era un hombre de suerte.

—¡Es maravilloso!

—Lo sé, Paula, lo sé. Nos hemos criado juntos y puedo decirte que es todo corazón.

Charlando así, llegaron al rancho.

Paula pidió a Jim que la dejara quedarse allí en compañía de la vieja Lorraine, a lo que accedió Jim.

—Yo te voy a acompañar todos los días hasta la escuela —dijo Bend—. Así evitaré que Stuart se aproxime a ti.

—¡No comprendo cómo mi padre pudo pedirme que buscara refugio en ese hombre!

—Puede que le tuviera engañado.

Mientras tanto, Harley y Redmond discutían con el sheriff en la oficina de éste.

—Sheriff, ¡no debió dejar que se quedara en el rancho! —Exclamó Harley muy enfadado—. ¡No ha sabido cumplir con su deber!

—Estoy seguro de que esta tarde vendrá para demostrar que ese caballo le pertenece —dijo, con valentía el sheriff.

—¿Qué quiere decir?

—Nada.

—¿Cree que hemos mentido al asegurar que ese caballo nos pertenece? —Preguntó Redmond muy incomodado.

—No creo que hayan mentido, pero tiene que reconocer, que es bastante extraño que se hayan acordado de ese caballo ahora, después de tanto tiempo.

—Porque creímos que se habría reunido con alguna familia salvaje.

—¡Pues debe regresar al rancho ahora mismo y traer a Joe! —Ordenó Harley.

—Tendrán que acompañarme ustedes.

—Nosotros cumplimos con nuestro deber poniendo la denuncia; el resto le corresponde a usted.

—Espero que esta tarde cuando se presente Joe, estén ustedes aquí.

—Sería una temeridad. Ha demostrado ser un pistolero excesivamente peligroso.

—Eso es otra de las cosas que usted debió evitar como sheriff. Tenía que estar detenido.

—Fue en defensa propia.

—No opinan así los que le acompañaron.

—Pues mienten; eso sí que puedo asegurárselo.

—No me gusta su actitud, sheriff —sentenció con malicia Harley—. Será preferible que cambie si desea seguir luciendo esa placa sobre su pecho.

—Les aseguro que Slidell actuó con ventaja. Lo que sucede es que Joe es excesivamente peligroso.

—Está confesando usted mismo que es un pistolero y usted le consiente que conviva entre las personas honradas —dijo Redmond—. Espero que demuestre a todos los honrados ciudadanos de Virginia City, que sabe cumplir con su deber.

—Mañana mismo debe estar Joe Baxter encerrado para ser juzgado. ¡No lo olvide...! Si no lo está, usted se arrepentirá —añadió Harley.

Y dicho esto, los dos personajes salieron de la oficina del sheriff.

Este se puso a pasear preocupado.

(J.J. Montana)

Capítulo 4

Días más tarde, entraba Joe en Sacramento, capital del estado de California.

Su paso por las calles era seguido por todos los transeúntes, que se quedaban admirados del caballo que montaba aquel joven. Levantaba exclamaciones de admiración, haciendo que más de un ranchero le siguiera.

Joe decidió desmontar ante un local, el primero que encontró. Este saloon era conocido con el nombre de California 1849.

Cuando estaba atando el caballo a la barra del saloon, un joven elegantemente vestido y atildado, de manos bien cuidadas, se acercó a Joe diciéndole:

—Le compro ese caballo.

—No está en venta —respondió secamente Joe.

—Antes de responder, debieras saber el precio que estoy dispuesto a pagar por tu montura.

—No me preocupa, aunque ofrezca una verdadera fortuna. Insisto en que no está en venta.

—Te daría cinco mil dólares.

—Lo siento, señor, pero no lo vendo.

—Llegaría hasta veinte mil dólares.

Los que escuchaban se miraron extrañados. Aquello lo consideraban como una locura.

Todos esperaron con la boca abierta la respuesta de Joe; pero éste, sonriendo, añadió:

—Es una cifra tentadora, y así lo reconozco, ya que no creo que valga tanto. Pero, a pesar de ello, no lo vendo.

—¡Es demasiado dinero por un caballo! —Exclamó un testigo—. No deberías desaprovechar esta ocasión, muchacho.

—Lo comprendo perfectamente. Pero, yo lo considero como mi noble compañero, no como un caballo. Además, gracias a él yo podré cazar caballos con mucha facilidad, que después de unos meses me proporcionarán mucho más que esa cantidad, aunque para ello tengo que reconocer que tendré que trabajar mucho. No hay obstáculos para él ni distancias.

—Pues no deja de ser una locura.

—Estoy enamorado de él y no podría vivir sin su compañía —dijo haciendo sonreír a los reunidos.

—Llegaría hasta los treinta mil.

Una exclamación admirativa salió de todas las gargantas.

Entonces se fijó Joe detenidamente en el comprador. No era tan joven como supuso al principio. Era cierto que estaba bien conservado, pero las patas de gallo junto a sus ojos negros empezaban a traicionar el gran cuidado que sin duda ponía aquel hombre en su atavío.

—Creo que antes de responder debes pensar muy detenidamente en mi proposición.

Joe, sonriendo, dijo:

—Bien, lo pensaré, por no decepcionar a nadie de los que escuchan; pero estoy seguro de que mi respuesta ha de ser la misma; no está en venta.

—Esta es mi casa —dijo el elegante, señalando el saloon California 1849—. Si se decide, me tiene a su completa disposición.

Dicho esto entró el elegante en el saloon. Junto a él entró un vaquero de unos cincuenta años, más bien bajo y de aspecto agradable.

—¿Por qué ofreciste tanto dinero por ese caballo, Bendix?

—Me gusta, Wenchel, y con él ganaría en las próximas fiestas de aquí y San Francisco mucho más de esa cifra.

—No creas que los caballos grandes corren más que los «pura sangre» que tenemos.

—Ese caballo es el mejor que ha pisado esta ciudad.

—No digas eso, tú sabes que yo conozco muy bien estos animales —dijo algo molesto Wenchel.

—También yo.

—Ese caballo lo que tiene es una resistencia poco común.

—Y también, la velocidad —dijo Bendix.

—Parece rápido, y está además, acostumbrado al desierto y a la montaña. Pero, nosotros tenemos por lo menos dos que le dejarían a muchas yardas.

—Ahora te equivocas, Wenchel.

—No lo creas.

—Yo no lo creo, lo sé.

—Así, que si se decide, ¿pagarás esa cifra?

—¡Ya lo creo!

—Se decidirá, estoy seguro. Es una fortuna.

—También ahora te equivocas. Ese joven no tiene intención de venderlo y creo que si hubiera ofrecido el doble no hubiera modificado su decisión. Y, sin embargo, «yo necesito» ese caballo.

—La cosa no puede ser más fácil.

—No tanto. También conozco a las personas y bajo ese aspecto agradable e ingenuo se oculta un fuerte carácter. Estoy pensando de dónde conozco a ese joven.

—Creo que es la primera vez que viene por aquí.

—Tal vez sea de otro sitio. Recuerda que nosotros aquí, sólo llevamos seis años.

—Entonces debía ser demasiado joven.

Joe, antes de entrar en el saloon, decidió buscar un hotel para asearse.

Mientras acariciaba a su caballo, dijo:

—No podía imaginar que valiese tanto.

Un vaquero se aproximó a él, diciéndole:

—Yo creo que cometes una equivocación al no decidirte a vender ese caballo. Reconozco que si eres vaquero, a juzgar por tu aspecto, tengas cierto cariño a este animal, pero treinta mil dólares es demasiado.

—Puede que esté en lo cierto, pero no podría vivir sin «Renegado».

—¡No deja de ser una estupidez!

—Puede que sea así, pero no lo vendo.

—Eso demuestra que no necesitas dinero —dijo el vaquero sonriendo.

—Por ahora, no.

—Pues debieras aprovechar los primeros momentos; tan pronto como Bendix piense en el dinero que ha ofrecido por tu caballo, se echará a reír y después no ofrecerá ni una décima parte.

—No me preocupa. Aunque aumentara diez veces más esa cantidad, no lo vendería. He trabajado muchas horas con el hasta conseguir que me acepte y que me obedezca. Nunca lo podría vender por unos dólares.

El vaquero miró con los ojos abiertos a Joe.

—¡Treinta mil dólares les llamas unos dólares...! ¡No te comprendo!

—Es que no soy ambicioso.

—Pues yo en tu caso, no lo dudaría.

—Dejemos ya esa conversación. ¿Dónde podré encontrar un hotel?

—En esta misma calle en la primera esquina.

Joe se despidió del vaquero y éste le contempló curioso.

Horas más tarde, después de arreglarse en el hotel, entró Joe en el saloon California 1849.

Estaba éste lleno de los personajes más heterogéneos.

Mujeres semidesnudas de medio cuerpo para arriba, se movían con sus sonrisas estereotipadas que encendían a unos y a otros.

Varias mesas con partidas de póquer. En otras jugaban a los dados.

Un poco más alto que el salón o pista de baile, había una especie de palcos con reservados y tres mesas de ruleta, alrededor de las cuales se apiñaban vaqueros y ganaderos.

Por ser Sacramento la capital del Estado, había casi siempre quienes llevaban fajos de billetes o bolsas con oro, que de modo insaciable absorbían esas mesas fatídicas de juego.

Entre la concurrencia, atendiendo a unos y a otros con un tono de elegancia, estaba Bendix, quien al ver entrar a Joe, inmediatamente hizo señas a Patricia para que lo atendiera.

Comprendió Patricia que Bendix debía tener mucho interés por el nuevo cliente a juzgar por su gesto.

Cariñosa, excesivamente cariñosa, se acercó Patricia a Joe y dijo:

—Eres forastero, ¿verdad?

—Sí —respondió Joe, sin fijarse en la joven.

—¿No me convidas a algo? ¿Bailamos primero antes de beber?

Observó Joe a Patricia.

Era una joven bastante bonita, por no decir muy bonita, pensó mientras la comparaba con Paula; estaba seguro de que hablando de belleza podrían tutearse las dos. No pasaría de veinticuatro años, él tenía veintiocho. Simpatizó desde el primer momento con aquella joven, tan agradable. Tenía ganas de hablar con alguien pero de temas que no fuesen importantes.

—Bien, beberemos algo y luego bailaremos, si no estás demasiado cansada.

Así lo hicieron. Después, al dirigirse a una mesa, pensó con remordimiento en Paula, que seguiría haciendo compañía a la vieja Lorraine.

Cuando se sentaron, volvió a preguntar Patricia:

—Eres forastero, ¿verdad?

—Ya me lo has preguntado antes y ya te contesté que sí. Es la primera vez que vengo a Sacramento.

—¿Vienes con ganado?

—Sí.

—¿Propio o empleado?

—Mío.

—¿Muchas reses?

—Ninguna.

—Pero ¿no dices...?

—Es que no me agrada nada que se me interrogue. He venido solo.

—¡Ah...! Pero supongo que no serás tú ese loco que no ha querido vender su caballo por treinta mil dólares, ¿verdad...?

—Yo soy ese loco.

—No me cabe la menor duda de que lo estás.

—Puede que lo esté, pero de ser así, todavía yo no me he enterado —dijo, riendo, Joe.

Otra mujer, también de aspecto agradable, se acercó a

preguntar qué deseaban tomar.

Los dos pidieron whisky.

Cuando se alejó la muchacha, preguntó Joe:

—Sois muchas, ¿verdad?

—Ya lo ves.

—No creo que esto sea vida para una joven como lo eres tú.

—Es la vida quien me ha jugado esta trastada.

—¿Por qué no abandonas esta vida?

—Porque tengo que comer.

—Puedes emplearte en otro sitio.

—Sé hacerme respetar. Y aunque te parezca mentira, me conservo limpia entre tanto fango.

—Te creo. Pero yo creo que sería preferible hacer cualquier otra cosa que no tener que soportarnos. Cada uno somos un caso especial.

—Me quedé sin familia hace un año y vine en busca de un tío que creí estaría aquí en Sacramento. Cuando se me agotaron las reservas, no tuve más remedio que buscar trabajo. Y acepté éste con la ilusión de ahorrar unos dólares y retirarme lejos de aquí donde pudiera vivir tranquila. También esperaba encontrar un hombre. Pero todos piensan lo mismo al vernos en estos sitios. Tienes razón; no es lugar para mí. Y temo que me suceda lo que a mis compañeras. Aseguran que cuando se pasa una larga temporada en este ambiente, se suele echar de menos este ambiente viciado y corrompido. Si me oyera Bendix.

—¿No supiste nada de ese tío?

—No. Lo único que me dijeron es que se había marchado a Nevada.

—¿Por qué no fuiste a Nevada?

—Porque no tenía dinero y temí que me sucediera lo mismo. Que cuando llegase allí, tampoco estaba.

—Te repito que éste no es ambiente para ti.

—Odio este ambiente más que nadie. Pero necesito vivir. Estoy deseando abandonarlo, aunque sé que Bendix tratará de que no lo haga.

—¿Quién es Bendix? ¿Ese tan elegante que se pasea por el saloon?

—El mismo. Es el dueño de todo esto y con su aspecto tan bondadoso es...

—Termina lo que ibas a decir. Puedes confiar de mí.

—No me atrevo; es terrible con quien considera un enemigo. ¡Si se enterara que hablo de él...!

El rostro de Patricia expresó el pánico que no se atrevían a decir los labios.

—¿Es tan cruel?

—No puedes hacerte idea, y, ya que eres tan amable conmigo, tratándome con esa consideración y mimo a que no estoy acostumbrada, te voy a dar un consejo: Márchate de aquí lo más rápido que puedas.

—¿Por qué?

—No sabría decírtelo, pero yo conozco a Bendix y tiene un gran interés por ti.

—Por mí, no, por mi caballo tal vez.

—Bien, así es, pero por conseguirlo será capaz de todo.

—Recurriré al sheriff si fuera necesario.

—El sheriff de esta ciudad, aunque es honrado y bueno, no creo que se atreviera a enfrentarse con Bendix.

—¿Tan temido es?

—Es el que preside a todos los propietarios de tugurios. Además, son suyos muchos de ellos.

—Recurriría al gobernador si fuera preciso.

—Bendix es, aparte de temido, muy influyente, y, no conseguirías más que perder el tiempo y enemistarte con toda la ciudad. Todavía, no comprendo que sigas con vida.

—No te comprendo.

—Eres el único que se ha negado a complacerle sin

que te haya sucedido nada.

—El miedo te hace desvariar un poco.

—No; te estoy diciendo la verdad y debes escuchar mi consejo: ¡márchate!

Otra mujer, aún más joven y bella que Patricia, se acercó a ellos diciéndoles:

—No bailáis ni intentáis suerte en el juego. Parece que estáis confesándoos. ¿No quieres invitarme a algo? ¿Eres forastero? No vemos con frecuencia chicos tan guapos como tú. ¡Ah, ya...! ¡Entiendo! Tratabas de conquistarle, ¿verdad, Patricia?

—No, Judith, quise bailar con él, pero dice que está cansado y que prefiere hablar a bailar.

—No estás acostumbrado a este ambiente. Si fueras de esta región, pensarías de distinta forma. Ven, baila un baile conmigo.

Y, cogiéndole de una mano, tiró insistentemente de él, mirándole directamente a los ojos y sonriéndole. El no supo resistirse y, con una mirada de súplica a Patricia, siguió a Judith.

Unos pocos segundos después, se acercó una camarera a Patricia.

—Bendix quiere hablar contigo, ve a su reservado.

Obedeció, aunque de mala gana y temblando Patricia, encontrando a Bendix que ocupaba uno de aquellos palcos que dominaba el saloon, como si fuera un cliente más de la casa y no su dueño.

—Te estoy observando, Patricia, y he comprendido que te estás enamorando de ese joven o te encuentras en camino de hacerlo.

—No seas celoso, Bendix.

—Será inútil si tratas de engañarme. He visto el movimiento de tus labios y sabes que sé leer a distancia. Le has rogado que se marchara. ¿Por qué?

—Invítame y déjate de tontas escenas. Siempre estamos con lo mismo.

—Te estoy preguntando, por que motivo le has pedido que se marche.

—Porque me ha tratado como a una mujer digna, igual que si fuera una hermana suya.

—Fui yo quien te hizo señas para que lo atendieras y eso indica, y tú lo sabes, que tenía interés en ello.

—Por eso, precisamente, le rogué que abandonara este saloon. Tú no sientes interés por nadie, por placer. Creo que estás tramando algo contra él y me daba pena. Es un joven guapo y lleno de vida y de ilusiones.

—Todo eso es cuenta mía, y tú no ignoras lo que suele suceder a quien entorpece mi camino.

—Estoy tan harta de esta vida ficticia que todo me es igual.

—De todas formas vas a volver junto a ese joven y le llevarás a la mesa número dos de la ruleta. Allí debe perder todo el dinero que lleve encima. Lo demás es cuenta mía; la casa le abrirá un crédito.

—No te comprendo.

—Escucha con atención. No debe dejar de beber. Si no lo hace, los dos lo pasaréis muy mal. Si tanto te interesas por ese desconocido, procura portarte bien. Anda, vete, que ya te está buscando, y no olvides lo que acabo de decirte.

Pocos minutos después de marcharse Patricia, entraron en el reservado de Bendix, dos hombres con aspecto de vaqueros.

Capítulo 5

—El joven que acompaña a Patricia deber ser vigilado muy de cerca y por todos los medios. Debéis obligarle a pelear. Depende de vosotros, el pretexto que busquéis. No parece hombre acostumbrado a las armas; tenéis una ventaja sobre él, que hay que aprovechar.

—Es ese tan alto, ¿verdad?

—Sí. Ese es.

—¿No es el propietario del caballo que tanto te entusiasmó?

—El mismo.

—Queda tranquilo. Dentro de unos momentos no habrá quien se oponga a que te quedes con su montura.

—No os fiéis de Patricia; es capaz de avisarle.

Patricia, al cruzar el saloon para ir al encuentro de Joe, vio a los dos visitantes de Bendix y su bonito rostro palideció.

¿Qué estaría tratando de hacer Bendix? Supuso que aquellos dos matones estarían recibiendo órdenes contra ella y contra Joe. «Pobre muchacho.», pensó.

—Te has aprovechado de nuestro baile para marcharte —dijo Judith— y casi has puesto triste a este muchacho con tu ausencia. Te lo dejo. No es un buen bailarín y no he conseguido hacerle hablar dos palabras seguidas. ¡Me aburre!

Y sin decir nada más, les abandonó entre bromas a los otros hombres.

—Habrás comprendido que ha sido un truco para llamarme y darme instrucciones concretas sobre lo que debo hacer. En este momento las reciben, los matones de la casa.

—¿Por qué estás tan asustada?

—Quieren que te lleve a una ruleta que se detiene en el número deseado para que pierdas todo el dinero que llevas. Posiblemente en la mesa te acusarán de tramposo; es el sistema de siempre cuando hay alguien que interesa eliminar. Vamos a bailar, y mientras lo hacemos, te indicaré quienes son los hombres de los que te tienes que apartar.

—¿Por qué te expones así...? —Le dijo, mientras, obediente, la seguía entre aquel ruido de risas y de los instrumentos.

—Es la primera vez que me resisto. Lo hago porque eres el primero que me ha tratado bien; no estoy acostumbrada a que lo hagan. Sé que Bendix se vengará de mí, tal vez delante de ti. Te ruego vivas muy alerta y, aunque yo pida bebida continuamente, tú harás como que bebes para confiarles más. ¿Manejas bien las pistolas?

—¿Por qué...?

—Porque esos dos que están recibiendo instrucciones son profesionales.

—No te preocupes. Se llevarán una desagradable sorpresa. Pero tú no debes sufrir las consecuencias. Vamos ahora, a la ruleta preparada. Nos dejaremos desplumar.

Así no desconfiarán de ti.

—Es que no quiero que se salgan con la suya. No debes dejarte robar.

—¿Conoces el sistema de esa mesa para detener donde ellos quieran la ruleta?

—Sí; el encargado de ella pisa un resorte que hay bajo la alfombra, de acuerdo con el reloj. Los números pares, coinciden con los minutos pares y con los paños rojos. Para más seguridad, cuando la postura es muy fuerte, la bolita se detiene en el cero por no sé qué sistema de imantación.

—Es un negocio bien montado el de este saloon.

—Sí; demasiado bien preparado.

—¿Son las tres mesas así?

—Sí, aunque la número dos inspira más confianza a la casa.

—¿No dejan ganar alguna vez a alguien?

—¡Sí, ya lo creo! Pero son puntos a sueldo. Los demás se dejan engañar.

Mientras bailaban, Patricia indicó a Joe los dos hombres que habían recibido, sin saberlo ella, la orden de eliminar al joven pero pareciendo que había motivo para ello, o sea, de forma justificada, es como se conocía ese sistema entre los asesinos.

Cuando regresaron a su mesa, Patricia pidió más bebida, y Bendix, sonriente y amable, se acercó a Joe.

—¿Por fin ha cambiado de criterio respecto a la venta del caballo?

—No, sigo pensando igual. Es demasiado valioso para mí y creo que como capricho es un precio excesivo.

—Me gustan mucho los buenos caballos y ese es mi único vicio.

—Sigo pensando como antes. Si cambiara de opinión, vendría a visitarle a usted.

—Entonces, quizá, yo me haya arrepentido. Es ahora cuando estoy encaprichado con él.

—Otra vez será. «Renegado» y yo hemos hecho demasiada amistad; me llamaría en su idioma traidor y tendría razón.

—Es una bonita cifra, que no conseguiría trabajando durante muchos años.

—Poseo un rancho muy hermoso, con mucho ganado. Y la venta de los caballos que cazo me han dado muchos miles de dólares. ¡Está equivocado...! Por eso no me sorprendió la cantidad ofrecida. Tengo muchos miles de dólares. Ahora mismo llevaré encima unos cinco mil.

—¿Tanto dinero...?

—Tanto, y me estaba tentando esta joven para ver si conseguía desbancar a la casa en unas valientes jugadas a la ruleta. ¿Qué postura es la máxima que admiten?

—No tenemos límite, admitimos todas.

—¡Mejor! Así podré demostrar a esta muchacha que no soy tan cobarde como ella pensaba.

Bendix miró significativamente a Patricia, enviándole un mensaje de felicitación: así se trabajaba a los clientes.

Volvió a pensar que era Patricia la mejor auxiliar de que disponía la casa.

La disposición de Joe modificaba algo sus planes pues si los otros le provocaban, podría haber sospechas, en cambio, si él sólo se arruinaba, tal vez con su propio dinero le comprara el caballo. Dinero que volvería después nuevamente, durante la fiebre de la ruleta, a pasar a propiedad de Bendix.

Acto seguido, Bendix se despidió con igual amabilidad que la que se había presentado diciendo a Joe:

—Sentiría mucho que no tuviera suerte por ser la primera vez que viene a mi casa.

—He sido siempre un hombre afortunado. Tengo

confianza en mí, y hoy esta joven será mi mascota.

Sonrió enigmáticamente Bendix y se separó de ellos.

Joe y Patricia estuvieron viendo cómo jugaban en las mesas de ruleta, y al dirigirse a la número dos, Joe tropezó cayendo al suelo junto a los pies del croupier encargado de esa mesa, tardando unos segundos en incorporarse.

El mismo croupier, cuando terminó de recoger los billetes y el oro de la última jugada, le ayudó a incorporarse.

Buscaron dos asientos vacíos, que dejaron a una seña del croupier dos de los puntos que ganaban algunos cientos.

—Bueno. Les dejo un buen asiento; he ganado, como ven, estos billetes.

—Eso esta muy bien por que entonces no hay duda; nosotros ganaremos también —dijo Joe mientras tomaba asiento y colocaba ante sí y sobre la mesa un buen puñado de billetes, que encendió la mirada codiciosa del croupier.

Los demás jugadores miraron con verdadera envidia aquel montón de dinero.

—¿Me das algún dinero para jugar yo...? —Preguntó Patricia.

—Toma, para probar suerte hay bastante con cien dólares. Pero yo quiero jugar doble, es decir, uno de nosotros a número y otro a paño. ¿Se admite?

—Sí —respondió el croupier.

—Entonces, Patricia, tú juega al paño negro; yo jugaré a número. A ver. ¡Ah, sí! Aquí está: el 7 es mi favorito.

—¿Cuánto juego? —Preguntó Patricia.

—Pon los cien dólares.

Con la presencia de Joe se animó mucho el juego en esta mesa.

Muchos espectadores admiraban la sangre fría con que Joe echó cuarenta billetes de a diez sobre el número siete.

Después, dados los gritos de rigor, se puso en movimiento la ruleta. Cuando se hubo detenido, el croupier se puso algo pálido.

—Negro gana, rojo pierde —gritó mecánicamente—. El pleno para el número siete.

—¿No decía yo que soy un hombre de suerte? Así que me corresponden catorce mil cuatrocientos dólares. ¡Bonita cifra! Yo creo que no debiéramos insistir. Desbancaremos la banca y no seremos bien vistos.

—La casa responde de todo cuanto se juegue.

—¿Admite la postura del total?

Un murmullo de admiración se elevó de los reunidos alrededor de la mesa.

El croupier sudaba. Algo raro sucedía en el mecanismo para fallar como falló. Si se repetía el siete, la casa no tendría suficiente dinero, pues la cantidad a pagar pasaría del medio millón.

La noticia de pleno tan importante se corrió en el acto por el salón, acudiendo un gran número de clientes.

Bendix no podía comprender lo sucedido. No creía, por demasiado audaz, que el croupier le hubiese dejado ganar así para confiarle, porque existía el peligro de que no quisiera seguir jugando, por no querer arriesgar todo lo ganado.

Acto seguido, él también fue hacia la mesa. Al ver la expresión que tenía el croupier comprendió enseguida que sucedía algo muy malo. En ese momento, se aproximó a él, diciendo:

—Ese joven pide autorización para jugar el importe de este pleno al mismo número.

—Yo no he dicho al mismo número. He preguntado si admiten una postura solamente.

Mientras Joe estaba hablando, Bendix, junto con el croupier, se separaron un poco de la gente, y en tono muy bajo le preguntó:

—¿Qué es lo que ha pasado?

—No lo sé, no ha respondido la palanca.

—Suspende el juego con cualquier motivo.

—Es peligroso.

—Esta bien. En ese caso, no admitas posturas que sean superiores a cinco dólares —le ordenó Bendix.

—No temas, ese joven estará poco tiempo en el salón.

Acto seguido, el croupier, acercándose a la mesa de juego, dijo:

—Señores, no tenemos de momento reservas suficientes en la casa, por lo que hasta mañana no podemos admitir posturas superiores a cinco dólares.

Insultos y comentarios mordaces fue la respuesta de los jugadores, teniendo que intervenir Bendix.

—Comprendan ustedes que la cantidad ganada por este joven es importante y que para afrontarla nos hemos quedamos sin reservas. Mañana habremos repuesto lo necesario.

—¡Eh, tú, Patricia, ven aquí! —Exclamó uno de los hombres encargados por Bendix de provocar a Joe.

—¡Tú, permanece callado...! —Dijo por lo bajo Patricia a Joe—. Van a tratar de provocarte.

—Estoy buscándote desde hace más de una hora. Has estado conmigo, y después de hacerme beber más de la cuenta, me has abandonado. Claro, estás con ese joven. ¡Vaya, vaya...! ¿Fue usted quien me quitó a Patricia...? Eso no se lo puedo perdonar; todo el mundo sabe que cuando estoy aquí, sólo puede estar conmigo —dijo dirigiéndose a Joe el que fingía estar bebido.

—Déjale tranquilo. Fui yo la culpable.

—¡Míster Bendix! —Gritó Joe—. Este es un buen truco para dejar de pagar los dólares que me han correspondido. Ese hombre es un empleado suyo, que hace pocos minutos recibía instrucciones de usted en su reservado.

—¡Eso es una gran tontería, y no me gusta nada que lo haya dicho...! Yo no me meto en sus cosas y no me importa con que muchacha esté. ¡Y, no se preocupe...! A usted se le pagará hasta el último céntimo; esta casa no incumplirá nunca sus compromisos, porque es un local honrada. Pero, no es cuestión mía las disputas que pueda tener por una mujer. Ese tema no me interesa —dijo Bendix en tono desagradable.

—Esta no es una casa honrada. Tienen todas las ruletas preparadas para que se detengan siempre donde el croupier desea.

—Eso es completamente falso. Si fuera así, ¿por qué acertó usted un pleno?

—Porque estropeé el mecanismo.

Después, dirigiéndose a los curiosos dejo:

—Pueden levantar la mesa y...

No terminó de hablar, pues, viendo al fingido borracho echar mano de sus armas, imitado por el croupier y el otro encargado de su eliminación, disparó sobre las dos luces de aquella parte del salón, promoviéndose un enorme griterío y carreras alocadas.

El lugar donde Joe estaba resultó acribillado a tiros. Pero Joe había cogido a Patricia en brazos y, cuando se dieron cuenta, hizo lo mismo con las luces del salón general, quedando en una absoluta oscuridad y sus ocupantes acurrucados bajo las mesas temerosos de ser alcanzados por los disparos que el croupier y sus amigos hacían sin cesar.

En vez de encaminarse a la puerta hacia donde disparaban, Patricia condujo a Joe a la habitación de Bendix y de ésta, por la ventana, salieron a la calle, montando sobre «Renegado» y desapareciendo. Poco después, con mucha precaución, se acercaron al establo, donde la joven tenía un caballo que le pertenecía.

—Ni dentro de un mes, saldrán de su asombro —decía Patricia—, sin duda te creyeron un novato con las armas y les has dado una lección que no olvidarán nunca. Son tan cobardes, que si te ven, huirán. Oye, ¿es cierto que estropeaste los resortes?

—Sí. ¿No recuerdas mi caída junto al croupier?

—Sí.

—Entonces fue cuando desconecté todos los cables. Luego ha sido providencial el que acertara el pleno.

—Debes marcharte en el acto de Sacramento.

—No; voy a regresar a recoger los dólares que me deben. Tú si que te marcharás inmediatamente a Nevada, a Virginia City. Llevarás noticias mías a la mujer que amo y que sé que me está esperando. Tú eres la única que no puede regresar a Sacramento y mucho menos al local de Bendix.

—Sí, lo se. Si lo hiciera, me mataría. Pero tú tampoco debes ir, porque es una temeridad. No le conoces.

—Ni ellos a mí.

—El tiene un verdadero ejército a sus órdenes.

—Eso no me preocupa, además, después de lo de anoche, estoy seguro de que en estos momentos pensarán de distinta forma. ¿No lo crees?

—Estoy segura.

—Comprendieron que no se puede jugar conmigo.

—Vi el asombro dibujado en el rostro inexpresivo de Bendix; ahora te temen, pero no debes fiarte demasiado. Es muy influyente, porque tiene complicados en sus sucios asuntos a mucha gente. Les soborna con el dinero que roba a quienes acuden a su casa.

—Lo entiendo, pero pienso ir a recoger lo que me pertenece.

—Debieras olvidarte de ese dinero.

—No quiero que ese personaje piense que ha conseguido asustarme. Tengo que recoger ese dinero y tus cosas.

—Yo me voy ahora mismo hacia ese lugar de Nevada. No tengo muchas cosas mías en el local. Si regresas, no les hables de mí.

—No te comprendo.

—Es que si lo hicieras, estoy segura, que te dirían verdaderas monstruosidades y me odiarías.

—No, lo creo.

—Prefiero que no preguntes.

—Así lo haré. Además, ya sabes que no tengo en tu caso un interés romántico porque estoy enamorado de otra mujer. Tú me has salvado a mí, y ahora quiero ayudarte a que abandones esa vida. Vas a conocer y le servirás de compañía a la mujer que quiero, así como a un gran amigo mío y socio.

—¿Es joven?

—De mi misma edad. Estoy seguro de que congeniaréis. Os parecéis en muchas cosas.

—De eso no estoy tan segura. Nadie le toma en consideración a una mujer que haya estado trabajando en un saloon.

—No le preocupará. Es suficientemente inteligente como para comprender que eres una rosa que se ha criado últimamente en un pantano.

—Gracias, Joe. No sé cómo agradecerte lo que has hecho por mí.

—Es mucho más lo que yo te debo a ti. ¿Conoces la vida de campo?

—Sí.

—Creí que habías vivido siempre en ciudades populosas.

—No. Me crié en un rancho de Kansas City, que es de donde me marché. Ojalá que no lo hubiera hecho nunca.

Claro que me vi obligada a ello tras la muerte de mi padre.

—¿Y que paso con el rancho?

—Tenía muchas deudas mi padre y, con lo que quedó después de su venta, me sobró para el viaje y dedicarme a buscar a mi tío.

—Después de que pase todo esto, te ayudaremos a encontrar a tu tío.

—No lo conseguiremos, pero te lo agradezco lo mismo. Además puede que haya muerto, pues era de la misma edad que mi padre. Dos años más viejo.

Poco después, le indicó el camino que debía seguir, y se despidió de Patricia, a la que acompañó unas millas, después de entregarle una carta para Paula en la que la prometía regresar dos semanas más tarde.

Después se encaminó hacia Sacramento de nuevo. Decidido, desmontó ante el saloon de Bendix.

En la puerta, y antes de entrar, comprobó si sus armas salían de sus fundas y con facilidad.

Una vez dentro, se encaminó hacia el mostrador muy decidido. El barman, que le reconoció en el acto, le contempló extrañado.

—¿Dónde está Bendix? —Preguntó Joe.

—¿Qué deseas de él?

—Hablar con él.

—Muy bien. Enviaré recado ahora mismo.

(J.J. Montana)

Capítulo 6

—¡Bendix! ¡Bendix! Acaba de entrar el joven que armó ese escándalo anoche.

—¿Viene Patricia con él?

—No.

—¿Esta solo...?

—Sí.

—Vigiladle bien. No quiero ninguna sorpresa —dijo Bendix algo preocupado.

—Ha preguntado por ti.

—¿Por mí?

—Sí.

—¿Qué quiere?

—No lo sé, pero todos le han saludado con simpatía. Está bebiendo en el mostrador invitado por varios.

—Ahora iré a su encuentro.

—Debes tener mucho cuidado.

—Descuida. Ya me conoces.

—Ese muchacho es muy peligroso.

—Lo sé, lo sé ¿Han desaparecieron ya las huellas del

mecanismo anterior?

—Sí; no podrá comprobar nada.

—¿Seguro?

—Puedes estar tranquilo.

—Hay que buscar a Patricia.

—Pero, ¿dónde...?

—No lo sé, pero tenéis que buscarla. El momento es ahora que él está aquí.

—Lo haremos.

—¡Hum...! Espero por su bien que Patricia no haya sido capaz de traicionarlos contando lo que sabe —dijo Bendix con cara que denotaba un odio profundo.

—Yo pienso que fue ella quien le habló de nuestros propósitos.

—Pudo ser. Jamás me fié de ella. Era distinta a las otras. Siempre fue honrada y distante. O quizás, ese joven es más listo de lo que parece.

—¿Qué piensas decir si ese muchacho habla de lo sucedido anoche?

—Tenemos que aparentar que estamos muy tranquilos. Todos tenemos que decir que nosotros no sabíamos lo que pasaba. No tenemos nada que ver con lo sucedido.

—No me gusta ese joven, Bendix, maneja demasiado bien las armas a pesar de su aspecto de ingenuidad casi infantil. Es muy peligroso.

—Sí, sí; nos hemos engañado con él.

—Y si sigue viniendo aquí, se van a marchar los clientes. Los que han jugado alguna vez, le están pidiendo detalles de cómo descubrió la trampa del juego. Todos te van a pedir el importe de sus pérdidas en estos últimos tiempos.

—Por ese vamos a decir que no conocíamos que hacían trampas, y que no es nuestra responsabilidad. Como no quiero que se envalentone, ahora mismo voy a ir a hablar con él. Vigilad vosotros desde el reservado y disparad en la primera oportunidad, porque esta sería la mejor solución para el problema. Los demás son demasiado cobardes para que, una vez muerto él, se atrevan a pedir nada.

—Piensa que la noticia se extenderá y serán el sheriff y el propio gobernador quienes se interesen por tus ruletas.

—Ese es mi temor, pero espero arreglarlo.

—Ya sabes que el sheriff vigila este salón y sospecha de nosotros. Además, hoy es el día que le toca bajar de la montaña a Bonner.

—¿Cuánto ganado se llevaron la última vez?

—Quinientas cabezas.

—Que son diez mil dólares.

—Justo. Pero cuida de que el sheriff no olfatee esta visita; andan tras Bonner.

—Ya ha cometido muchas torpezas por su afán exhibicionista. Pero en esta ocasión, si él viene, es el que mejor se encargaría de ese joven y sin responsabilidad para nosotros.

Un nutrido tiroteo en la calle llegó hasta donde estaban charlando Bendix y sus amigos.

—Ya está ahí Bonner. Puede que le este siguiendo el sheriff y su gente. Si es él, te va a comprometer a ti con esta visita.

—¿Por qué?

—Ya sabes que el sheriff...

—¡Un momento! Este es un saloon de los varios que hay en la ciudad.

—Ya, pero el sheriff sospecha de tu complicidad con Bonner.

—El sheriff, como siga así, lo pasará mal.

Bonner, con una pistola en cada mano y disparando sin cesar hacia la calle, en ese momento, hizo su entrada en el California 1849, encañonando, al hacerlo, a todos los que estaban dentro.

Joe, que, aunque estaba cubierto su cuerpo por varios vaqueros, podía ver por encima de sus cabezas, observó al recién entrado.

Era algo más alto que él, pero mucho más corpulento y pesado. Su rostro no era desagradable y en sus años mozos debió ser un hombre de los llamados guapos, con personalidad atrayente.

—¡Cerdos! ¡Cochinos! Tomad vuestro premio. ¿Creíais que era fácil sorprender a Bonner?

Y, al decir esto, llenaba el suelo de impactos con trozos de tabaco que masticaba, mientras seguía gritando.

Después, dirigiéndose a los reunidos en el saloon, dijo:

—¡Vosotros, todos quietos ! ¡Que nadie se mueva! No quiero matar más gente, pero el primero que se mueva, no lo volverá a hacer más

No se detuvo en el saloon, sino que, como hombre que conoce el terreno que pisa, se dirigió hacia el reservado que daba acceso a las habitaciones de Bendix, encontrando a éste en la mitad del camino.

—¿Qué es lo que sucede, Bonner? ¿Por qué esos fuegos artificiales?

—El cerdo del sheriff, que me estaba esperando con sus hombre. Más de dos han mordido el polvo.

—No has debido entrar aquí. Así me comprometes.

—¿Y qué querías que hiciese? ¿Que me dejara matar?

—No, nada de eso. No es lo que he querido decir.

—Aún no ha llegado mi hora, Bendix.

—Pero conseguirás que el sheriff te arreste en algún momento.

—Ya me sacarás tú del atolladero.

—Has podido meterte en otro de los muchos saloons que hay en la ciudad.

—Esos cerdos me han matado el caballo. Necesito uno

y que sea bueno, Bendix; que uno de tus hombres lo lleve a la parte trasera.

El rostro de Bendix se iluminó con una sonrisa, al tiempo que decía:

—Te llevarás el caballo más veloz que has podido soñar, con él te reirás de todas las persecuciones. Es de un joven que está en el saloon y con el que he de arreglar algunas cuentas.

—Pues no perdamos tiempo, porque si no, me acorralarán aquí y no será posible la huida.

—Ahora mismo. Vete a los corrales. ¿Has traído dinero...?

—Sí, toma diez mil dólares. Volveré a por lo que necesito.

—No lo hagas tú, envía a alguno de tus hombres que no sea conocido aquí.

El cerebro de Bendix funcionaba a toda velocidad y por ello encontró una solución con que tranquilizar al sheriff y justificar la entrada de Bonner en su local.

Por ello dijo a Bonner:

—Escribe ahora una nota que diga: «Joe, me llevo tu caballo que es más rápido que los otros, para no ser alcanzado por la gente de ese cerdo de sheriff. Procura no dejarte sorprender tú también. Bonner».

—¿Y esto para qué?

—Así, al mismo tiempo que justifico tu entrada aquí , castigo a ese joven que es un serio enemigo.

—Bueno, allá tú. Déjame papel, y ahora mismo lo escribo. Eso de llamar cerdo al sheriff me place y ojalá que él pueda leerlo.

—Lo leerá, te lo aseguro.

—¿No sería mejor que llevara un «pura sangre» de los tuyos?

—El caballo que te voy a facilitar, es muy superior a

todos ellos.

—¿No me engañarás?

—Cuando veas el caballo te convencerás.

—Entonces, no perdamos más tiempo.

Los hombres del sheriff, aconsejados por éste, no se atrevían a entrar en el saloon por temor a caer en una emboscada. Esperaron a que transcurrieran unos minutos.

Cuando lo hicieron, hacía tiempo que Bonner había desaparecido por el reservado que conducía a las habitaciones de Bendix.

Pasados los primeros momentos de la aparición de Bonner en el local, Bendix y sus dos amigos se mezclaron entre la concurrencia del saloon.

La entrada del sheriff no produjo extrañeza. Era esperado desde que Bonner apareciera con sus pistolas. Lo hizo con grandes precauciones, y, sin soltar sus armas de las manos, escudriñando con sus ojos de águila.

—¿Dónde está Bonner...? —Preguntó a una de las chicas.

—No sé, sheriff

—¿No estuvo aquí?

—Sí, pero se marchó hacia dentro. Tal vez esté en las mesas de juego.

Algunos de los espectadores, suponiendo que habría problemas tan pronto como fuera hallado Bonner, optaron por marcharse.

Entre ellos, el amigo de Bendix, que llevaba el encargo de apoderarse del caballo de Joe.

Los hombres que el sheriff había dejado fuera, al ver que ninguno de ellos era Bonner, no hicieron la menor objeción. Seguían vigilando bien protegidos por los parapetos elegidos.

Al ver a Bendix, le gritó el sheriff:

—¡Bendix, venga aquí!

—Dígame, sheriff. No me agradan estas exhibiciones de fuerza que perjudican mi casa.

—Menos me agrada a mí que esta casa sirva de refugio a un bandido de la catadura de Bonner.

—Esto no es refugio de nadie, sheriff.

—¿Dónde está?

—¿Quién...?

—¡Demasiado sabe a quién me refiero! ¿Dónde está Bonner?

—¿Y yo qué sé? Se ha obstinado en suponer que yo soy amigo de esa persona. Es cierto que viene aquí y compra algunas veces lo que necesita. Yo no soy el sheriff para intentar detenerle. Me paga en buen dinero y yo le sirvo. Eso es todo.

—Sabe que se le busca desde hace mucho tiempo por estar reclamado por varios crímenes. Pero no parece muy dispuesto a colaborar. Ya averiguaré dónde está y como compruebe que usted le ayuda a escapar, le encerraré.

—Su cargo, no le autoriza para amenazar.

—Es una advertencia.

—Si tiene alguna acusación concreta, proceda a mi detención. Pero si no es así, resérvese para sí los comentarios.

—Algún día encontraré lo que busco y entonces no será necesario que me diga cuál es mi deber.

—No es con la gente pacífica con quien ha de mostrarse bravo, sino con quienes lo merecen y a quienes está usted obligado a detener.

—No se burle Bendix, no se burle.

—Usted sabe que no me burlo.

—¿Quién es Joe? —Preguntó un hombre que procedía de los salones de juego.

—Yo soy uno de los que se llaman así —repuso Joe.

—Un hombre muy alto con una pistola en cada mano

escribió esta nota y me pidió que se lo diese.

—¿A mí...?

—¡A ver! —Gritó el sheriff—. ¡Tráela!

—Si es para mí, debo ser yo quien primero la lea.

Y dicho esto, arrebató el papel de las manos de quien preguntara por él.

La leyó con rapidez y, comprendiendo los propósitos de Bendix, le miró echando fuego por los ojos, al decir:

—Es demasiado burda la trampa que tiende al sheriff para desviar su atención de esta casa.

—No le comprendo —dijo Bendix.

—Tome, sheriff, la nota; en ella verá que se propone desviar su atención hacia mi, aprovechando la oportunidad para robar mi caballo. Es usted ventajista en todo.

—¿Qué esta diciendo? No entiendo una palabra de lo que quiere decir.

El sheriff leyó la nota y miró a Joe. Era completamente desconocido para él ese joven.

—¿De dónde ha venido? —Preguntó el sheriff al joven.

—De Nevada.

—¿Qué haces aquí? ¿A qué ha venido? —Volvió a interrogar el de la placa a Joe.

—¡Ya cayó en la trampa! —Exclamó Joe.

—¡Déjese de astucias y responda al sheriff!

—Están perdiendo el tiempo, mientras ese Bonner se aleja y con él, mi caballo.

—¡Responda al sheriff! —Dijo Bendix.

—Sheriff, yo no voy a hacer el juego a este hombre, permitiendo así que se aleje Bonner, que es al que usted esta buscando. Claro que es lo mismo, porque esta montando mi caballo, que es el más rápido que conocieron ustedes. Pero yo le encontraré y comprenderá el error que ha cometido, dejándose aconsejar por ese tahúr.

—¡Oiga! ¡Yo soy un caballero!

—Sólo tiene la apariencia externa.

—No conseguirás engañar a nadie. Soy conocido y todos saben que, efectivamente, soy un caballero.

—Un caballero con sus ruletas eléctricas perfectamente preparadas para arruinar a cuantos se presentan. Yo le estropeé una de ellas y les gané catorce mil dólares, que va a pagarme ahora mismo.

—Todo eso es falso, y, si no fuera por la presencia del sheriff, no volvería a repetir esas palabras.

—Déjese de eso y dígame de dónde viene y qué hace aquí —insistió el sheriff dirigiéndose a Joe.

—Me dedico a viajar por placer.

—Pero ¿de dónde procede?

—Ya lo he dicho antes. De Nevada.

—¿De qué ciudad o pueblo?

—De los desiertos —dijo sonriendo Joe.

—No estoy para bromas.

—No es ninguna broma.

—¡Un momento! Seguramente es el explorador que envió Bonner. Ya me parecía demasiado extraña esa extraordinaria habilidad con las armas. Anoche hizo una perfecta exhibición —añadió Bendix.

—Todos hemos visto que ese tal Bonner desapareció por las habitaciones particulares de míster Bendix y estoy seguro de que es en ellas donde se escribió esta nota con ánimo de comprometerme y de engañar al de la placa.

—Yo sé lo que tengo que hacer, joven, y no necesito sus consejos.

—Pues debiera atenderme.

—Lo cierto es que usted es un completo desconocido y aparece pocas horas antes de hacerlo Bonner. No está clara su situación.

—Cuando entró Bonner, hace unos minutos, si hubiera conocido a este joven le habría dicho algo o por algún gesto se habrían traicionado —dijo uno de los rancheros de la localidad.

—No son tan torpes como para descubrirse así.

—Más torpe es dejar una nota escrita para que se la entreguen delante del sheriff —dijo otro de los que estaban reunidos allí.

Los que escuchaban se miraban entre sí, pues era muy aclaratoria la explicación.

—¿No le parece a usted sheriff? Es muy extraño lo que ha pasado. ¿No se da cuenta que con esa nota le comprometía totalmente a este joven? —Prosiguió diciendo el ranchero.

—Esperaría que se la dieran cuando el sheriff no estuviera —dijo apurado Bendix.

—No —agregó el ranchero—. Creo, como este joven, que de lo que se trata es de complicar a él, por lo sucedido anoche, para no pagarle y para que usted no sospeche, así de haber sido elegida esta casa como refugio de Bonner, que no ha entrado en ningún otro saloon de Sacramento. Ha venido directamente aquí.

—Si repite otra palabra parecida a esas que acaba de decir, aunque esté delante el sheriff, me veré obligado a silenciarlo para siempre —gruñó Bendix con los ojos como ascuas.

Perdida la serena actitud estudiada, se presentaba como lo que en realidad era: un pistolero profesional.

—Bueno, cállense todos, y usted, joven, venga conmigo a mi despacho.

—Eso es un abuso y una torpeza, sheriff —observó el ranchero.

Dos detonaciones siguieron a estas palabras, cayendo con los ojos vidriados, que miraban a Joe, quien las había pronunciado.

—¡Manos arriba todos! —Gritó Bendix con una pistola

en cada mano—. Usted, sheriff, deje caer sus armas.

El de la placa, totalmente sorprendido, así como todos los reunidos, obedeció.

Dos amigos de Bendix, también empuñaron sus armas para ayudar al patrón.

Joe contemplaba la escena con los ojos inyectados en rabia. No hacía otra cosa que contemplar el cadáver de aquel pobre hombre que tuvo el suficiente valor para expresar sus pensamientos.

(J.J. Montana)

Capítulo 7

—Bendix, esto le pesará.

—Lo siento, sheriff, pero confío en que comprenda que es necesario obrar así; se dejaría convencer por ese estúpido tozudo ranchero.

—Lo que ha hecho es un crimen. Al menos, podía haberle permitido defenderse.

—El sabía a lo que se exponía al hablar; usted es testigo de mi advertencia.

—¡Es un cobarde asesino! —Gritó Joe.

Después, rápidamente se dejó caer al suelo tras los que tenía delante, al tiempo que sus armas vomitaban plomo a través de ellos, alcanzando a Bendix en sus dos armas, las cuales saltaron de sus manos. Instantes después, se encontró desarmado, y encañonado por los largos «Colt» de Joe.

Los otros dos amigos de Bendix que empuñaban sus armas, cayeron sin vida al suelo.

Bendix les contemplaba sin comprender el motivo por el cual aquel muchacho no había disparado sobre él a matar.

Joe siguió hablando:

—He dicho que es usted un asesino, porque acaba de confirmarlo y todos lo estábamos pensando, incluso el sheriff, que debe tener muy dura la cabeza y muy torpes las manos cuando ha permitido este asesinato delante de él, estando armado.

El sheriff, molesto, respondió:

—Yo no soy un profesional del revólver.

—Nosotros no lo somos, pero usted sí lo es, y sí no sirve, porque no tiene el temple suficiente para llevar esa placa, debe dimitir, permitiendo que otro con más condiciones le sustituya. ¿Qué es lo que dijo ese hombre para ser asesinado? Nada. Expresaba con sinceridad lo que él pensaba y que era muy razonable. No se me había ocurrido ni a mí. Si Bonner no me habló por no comprometerme aquí, ¿por qué motivo me iba a enviar después esta nota? No puede ser más torpe esta trampa que le tienden a usted, sheriff, pero lamentablemente usted ha caído en ella.

—Cuando no tenga esas pistolas en las manos ya le diré lo que yo pienso —exclamó, furioso, el de la placa.

—Sentiría, sheriff, que me obligara a matarle como pienso matar a ese asesino ventajista. No lo dude que lo voy a hacer, y además, estoy seguro de que todos me lo agradecerán en este pueblo. Después me dedicaré a rastrear a ese Bonner y a «Renegado», que volverá a mi poder, aunque para ello tenga que matar a ladrón.

—Es muy fácil llamar asesino a un hombre cuando está totalmente indefenso. Si tuviera mis armas al cinto, todo cambiaría, porque yo le puedo matar antes de ser alcanzado. Lo que usted se propone hacer conmigo es un verdadero asesinato.

—Igual que usted hizo con ese pobre hombre. Pero

tiene razón, no dejaría de ser un asesinato, aunque sea merecido. Le daré oportunidad de defenderse.

—No lo haga, joven —dijo otro ranchero—. Bendix ha sido gun-man hasta venir aquí. Lo sospechábamos. Ahora tenemos la seguridad.

—Mejor; si es un profesional, mejor. Es el espíritu de justicia quien orientará mi mano.

Se oyó, un murmullo que no le gustó a Bendix. Todos estaban a favor del joven, por lo que para congraciarse con los testigos y sobre todo, pensando que ese joven no iba a ser capaz de matarse a sangre fría, dijo:

—Quizá sea mejor, que no me deje defenderme. Yo soy mucho más veloz que usted con las armas. Es más seguro que se aproveche de esa ventaja que tiene ahora, aunque no sea usted un ventajista como yo.

—¿Es cierto que fue gun-man?

—Eso no debe importarte.

—Supongo que fue compañero de Bonner, y por eso viene él por aquí. Ya puede decir la verdad, porque dentro de pocos minutos habrá dejado de vivir. Nada le puede perjudicar en el futuro.

—No temo nada. Si me permitiera la defensa, sería usted sin duda alguna el muerto, y ese otro ranchero que se ha permitido aconsejar mi asesinato también moriría. Es cierto que fui gun-man. Lo fui por placer y no hubo quien me ganara en rapidez.

—Hasta cruzarme yo en su camino. ¿No vio con qué facilidad lo he desarmado? No he querido matarle como a esos otros dos porque deseaba decirle lo que pensaba. Pude buscar como blanco el corazón, pero no quise; en usted me agrada más que vea a la muerte venir de cara y sabiendo que no hay posibilidad de evitarla.

—Es fácil esa fanfarronería cuando los demás están indefensos.

—No le escuche y mátele, joven. ¡Es un traidor miserable, y un ladrón! Nos ha robado muchos dólares en estos últimos meses y, de acuerdo con Bonner, nos robaba el ganado.

—Sheriff, ¿me va a acusar de asesinato si mato a ese hombre?

—Yo sé lo que he de hacer, ahora aproveche su ventaja.

—¿Me permitirá luchar noblemente si le permito la defensa a ese hombre?

—No lo haga, joven, no lo haga. Le aseguro que es un pistolero —dijo uno de los testigos.

La entrada de Patricia hizo la escena más tirante.

Joe era el más sorprendido, ya que la suponía a muchas millas de allí a esas horas.

—¿Por qué has regresado? —Preguntó.

—Temía por ti.

—Debes marcharte ahora mismo.

—¿Qué sucede, Joe? Ha querido matarte el cobarde de Bendix, ¿verdad?

—Peor aún, ha querido que me linchen por socio de un tal Bonner.

—¡Bonner! ¡Miserable...! No le haga caso, sheriff. Bonner es socio de Bendix desde hace muchos meses, según he oído decirles a ellos. Bonner quiso casarse conmigo y le desprecié. Creo que la sociedad con Bonner existe desde hace años.

—¡Cállate!

—No quiero, Bendix. Anoche quisiste matar a este joven para apropiarte de su dinero y ese caballo que tanto te gustó. Te salió mal, porque yo le advertí y le indiqué cómo funcionaba la ruleta. Por eso se dejó caer y estropeó el mecanismo.

—Joven, ¿Estás dispuesta a firmar esa declaración...? —Preguntó el sheriff.

—¡Ya lo creo.! Y daré cuantos detalles precisen. No te descuides, Joe, ha sido el mejor pistolero de la alta California. Es muy peligroso con las armas. Aquí se ha dedicado a toda clase de robos. El ganado se lo enviaba a Bonner, que es quien lo vende a distancia.

—¿Por qué estabas aquí?

—Me tenían complicada en sus asuntos y me hubieran matado sin la menor piedad.

—¡Traidora...!

—Mátale, Joe. Dispara sin escrúpulos. Lo merece. Son muchos los muertos por él, sin dejarles defenderse. El y su hermano Rogers, que está en Nevada, han despachado a muchos inocentes.

—¿Rogers...? ¿Cómo se apellida ese Rogers?

—Como ése. Pero allí es conocido por Rogers Harley.

—¡Rogers Harley! —Repitió Joe como un eco—. Patricia, ¡sepárate de mi! Y lo mismo todos los demás. Voy a permitir a Bendix que se defienda.

—¡No! ¡No! ¡Te matará!

—Estos señores se encargarán de él si caigo.

—Después de oír a Patricia —dijo el sheriff—, ese hombre me pertenece a mí. Muchacho, le prohíbo hacer lo que intenta.

—¡Linchémosle...! —Gritaron a coro varias gargantas.

Un sudor frío descendía por la frente de Bendix, quien comprendió que había llegado su última hora.

—¡Sheriff, ayúdeme! —Gritó, angustiado, Bendix.

—Nada de linchamientos. Sabéis que está sancionado con severidad el solo propósito de intentarlo. Yo le encerraré y lo entregaremos para que sea condenado como sus crímenes merezcan.

—No debe perder el tiempo, sheriff —dijo Patricia—. Bendix es muy influyente y son muchas las personas que ocupan cargos de importancia en esta ciudad que están comprometidas por él.

—A pesar de todo, Patricia, he de cumplir con mi deber y encerrarle para que sea juzgado como corresponde.

—No debiera cometer esa torpeza. ¡Cuélguenle ahora que es tiempo!

Bendix contemplaba a Patricia con intenso odio.

Ya, se había hecho muy de noche.

Uno de los empleados del local, sabiendo que ellos también serían ajusticiados por cómplices, decidió ayudar a su patrón y al mismo tiempo ayudar a todos los empleados del saloon que se veían observados con odio por los clientes.

Con gran habilidad y, escondido tras la cortina de uno de los reservados, hizo fuego contra las lámparas.

El local quedó en completa oscuridad.

Joe quedó sorprendido y, ante el temor de herir a otras personas, no disparó contra Bendix.

Este, escapó, aprovechando el tumulto que se produjo, y pasó por la parte baja de la puerta de entrada que daba a la calle. Torció a la derecha y desapareció en pocos minutos tras las cuadras de sus pura sangre, saliendo segundos más tarde con uno de la brida, en el que montó cerca de las afueras de la ciudad.

* * *

—No me agrada el viaje de Jim a Carson City —dijo Rogers Harley.

—¿A qué habrá ido? —Preguntó Stuart Redmond.

—No lo sé. Pero hemos de preguntar al sheriff. Estoy seguro de que él sabe el motivo de ese viaje.

—No es necesario que preguntéis al sheriff —dijo

Forrester—. Anoche un vaquero de Jim estaba un poco cargado y le obligué a confesar la verdad.

—¿Y te explicó a qué fue? —Preguntó Rogers.

—A hablar con el gobernador para que ordene que se retiren los pasquines que hicisteis contra Joe Baxter.

—Perderá el tiempo —dijo Stuart, sonriendo.

—No lo creas. No me agrada nada el motivo del viaje —declaró, preocupado Rogers.

—Supongo que el gobernador enviará algún emisario para informarse de lo sucedido.

—No debe preocuparte; si viene, todos dirán que fue un asesinato.

—Te olvidas que estaban presente Jim, Paula y, sobre todo, el sheriff.

—De éste nos podemos encargar antes de que regrese que creo que será pronto.

—Sería una gran equivocación, como fue el hacer esos pasquines ofreciendo quinientos dólares por la cabeza de Joe Baxter.

—Estuviste de acuerdo tú también.

—Pero no por ello, deja de ser una equivocación. Tenemos que esperar. Antes de actuar hemos de conocer el resultado de ese viaje.

—Yo creo que debieras avisar a Flowers para que descendiera de la montaña. El se encargará de Jim y de Joe, si es que éste se atreve a regresar.

—Regresará, no me cabe la menor duda.

—Pues entonces, no pierdas más tiempo y envía aviso a Flowers.

—No creas que le resultaría sencillo eliminar a esos dos muchachos.

—Jim es distinto de Joe.

—No lo creas; es mucho más peligroso, ya que es más sereno y menos impulsivo que su socio.

—Flowers es lo más rápido que hemos conocido.

—¡Un momento! Si lo deseáis, yo me encargaré de Jim —se ofreció Forrester.

—Aunque no eres manco, no creo que pudieras con ese muchacho.

—Estás equivocado —dijo Forrester, muy serio—. ¿Es que ya te has olvidado de mi habilidad con el «Colt»?

—Es cierto, pero nunca hay que despreciar al enemigo si se desea obtener éxito.

—No le desprecio, le considero un buen enemigo; pero no creo que llegue a mi altura cuando se trata de utilizar el «Colt» —agregó Forrester.

—De todas formas, será preferible que esperes a que regrese. Después pensaremos en lo que más nos conviene.

—Ya hay muchos rancheros que se están enemistando con nosotros por culpa de esos muchachos —dijo Stuart Redmond.

—La culpa no es de esos dos jóvenes, Stuart. Y tú lo sabes. Es de esa maldita maestra. Hasta en la escuela nos pone como ejemplo de maldad.

—Debiéramos darle un susto —indicó Forrester.

—¡No quiero que le suceda nada! —Exclamó Stuart.

—Debes olvidar a esa joven —agregó, sonriente, Rogers Harley—. Todos saben que está muy enamorada de Joe. No puedes esperar nada.

—¡Eso no me preocupa...! Cuando las cosas estén solucionadas para levantar el vuelo de esta comarca, os aseguro que Paula vendrá con nosotros.

—Sería una torpeza.

—Las mujeres no dan más que disgustos Stuart.

—¡He de darle una lección que no pueda olvidar!

—Eso puedes hacerlo aquí y aprovechando que no está ninguno de los dos.

—Si lo hiciera, el pueblo se echaría sobre nosotros

—dijo Rogers Harley—. Hay que tener paciencia y saber esperar nuestra oportunidad.

Un vaquero del rancho de Rogers entró en el saloon y acercándose al patrón, le dijo:

—En el rancho le espera una visita.

—¿Quién es?

—Un tal Bonner.

—¡Bonner! —Exclamaron los tres reunidos muy sorprendidos.

—¿Por qué habrá venido aquí? —Dijo Rogers.

—No me agrada esa visita.

—Vamos a hablar con él.

Y minutos después, los cuatro regresaban al rancho de Rogers Harley.

Bonner estaba, en esos momentos, comiendo tranquilamente. Cuando les vio entrar, se levantó, exclamando:

—¡Cuánto me alegro de volver a veros!

—¿Por qué has venido?

—No he tenido más remedio que hacerlo. Tuve que salir huyendo de Sacramento.

—¿Te ha visto alguien?

—Solamente los vaqueros de este rancho.

—¿No te han seguido?

—No. Y de hacerlo, sólo lo harían hasta la frontera con este territorio.

Y Bonner explicó lo sucedido y cómo tuvo que huir.

Cuando finalizó, preguntó:

—¿Qué tal van las cosas por aquí?

—No nos podemos quejar.

—He visto que hay muchas cabezas de ganado en este rancho. ¿Son de tu exclusiva propiedad?

—Si te refieres a que si existe alguna que proceda del robo, te diré que no hay una sola. No soy tan torpe como mi hermano y tú. Yo se lo que hay que hacer.

—Bueno. Puedo seguir comiendo, ¿verdad...? Estaba verdaderamente hambriento.

—Claro. Puedes hacerlo tranquilamente. Después hablaremos.

Minutos más tarde y cuando Bonner finalizó su suculenta comida, dijo:

—Las cosas por Sacramento se han puesto muy mal.

—Falta de organización.

—Podrás darme trabajo aquí, ¿verdad?

—Serás un buen auxiliar —dijo Stuart pensando en Joe y Jim—. Creo que tendrás trabajo muy pronto.

—¿Qué clase de trabajo?

—Hay un muchacho en este pueblo que puede hacernos mucho daño. Es el único que no ha querido ingresar en la Asociación de Ganaderos, que preside Rogers.

—¿Por qué se ha negado?

—Creo que no se fía de nosotros.

—¿Por qué no le habéis eliminado?

—Porque es excesivamente astuto y peligroso. Y eso que no está el otro.

—¡Vaya! ¡Es un verdadero problema! Pero, ¿no hay nada que me queráis decir sobre ganado? —Dijo burlonamente Bonner—. Ya sabéis que soy un gran entendido y es mi gran debilidad.

—El ganado que no te pertenece, ¿verdad...? —Dijo Stuart riendo y contagiando a los otros.

—¿Eres conocido en este territorio? —Preguntó Rogers.

—No. Siempre actué en la Alta California y Oregón.

—Entonces, creo que podrás encargarte de llevar el ganado hasta Hazen.

—¿Está muy lejos?

—No. Un par de días con el ganado.

—¿Tan cerca?

—Lo tenemos todo bien organizado; nadie sospecha.

—¿Participaré en los beneficios?

—Sí, porque si no lo hiciera, no me lo perdonaría nunca mi hermano —dijo, riendo, Rogers—. Pero ahora no debes darte a conocer como buen tirador de «Colt». No nos interesa que crean que hemos admitido a un pistolero en el rancho.

Siguieron charlando animadamente durante mucho tiempo. Después se encaminaron de nuevo al pueblo, para echar un trago y divertirse.

(J.J. Montana)

Capítulo 8

—Tienes un magnífico caballo, Bonner —dijo Harley contemplando al hermoso bruto.

—¡Ya lo creo! —Exclamó orgulloso Bonner—. Puedo asegurarte que no hay ningún caballo en la Unión que pueda comparársele.

—Parece fuerte y rápido —observó Stuart.

—Lo es.

—¿Dónde lo conseguiste?

—Fue un obsequio de tu hermano.

—¡No es posible! —Exclamó Rogers—. Mi hermano jamás regalaría un caballo como ése a nadie. ¡Los buenos caballos son su debilidad!

—Bueno, no es que él me lo regalara.

—¿Entonces?

—Pero, fue quien me propuso la idea de apoderarme de él. Estaba atado en la barra de su local y su propietario, por las palabras de Bendix, era un enemigo.

Los acompañantes de Bonner rieron sus últimas palabras.

Entraron en el saloon, siendo saludados por todos los reunidos.

Un ranchero se aproximó a Rogers, diciéndole:

—Hola, míster Harley. Me alegra verle, ya que pensaba ir a su rancho.

—¿Qué desea?

—Me urge vender una manada y quisiera que me ayudara, ya que son pocos los vaqueros de que dispongo.

—Debe esperar a que sean varios los que envíen su ganado al mercado.

—Es que preciso cinco mil dólares inmediatamente.

—Está bien. Aunque no es necesario que venda su ganado. Yo puedo dejarle esa cantidad.

—Preferiría vender el ganado. Se lo agradezco, pero jamás me gustó contraer deudas si puedo evitarlo.

—Como quiera. Mañana hablaremos de ello en la reunión que tenemos en mi rancho los rancheros de la comarca y le ayudaremos a llevar ese ganado.

—Gracias.

Transcurrieron dos días y Jim se presentó en Virginia City en compañía de un enviado especial del gobernador del territorio.

Después de hablar extensamente con el sheriff, ordenó a éste que mandase retirar los pasquines en los cuales se ofrecía quinientos dólares por la cabeza de Joe Baxter.

—Jamás debió acceder, sheriff —dijo el enviado del gobernador—. Si llegase a oídos de Su Excelencia, no lo pasaría usted bien.

—No tuve más remedio.

—Usted es el sheriff y, por tanto, la única autoridad de este pueblo; no debió dejarse atemorizar por las amenazas de ese míster Harley.

—Creo que tiene usted razón, pero necesito el sueldo para mantener a mi esposa e hijos y tuve miedo. Le aseguro que no volverá a suceder.

—Así lo espero. Por esta vez, no daré cuenta a Su Excelencia de lo sucedido.

—Gracias.

—Yo puedo asegurarle que es una persona honrada —dijo Jim—. Aunque no tenga el suficiente valor para enfrentarse, como debiera, con míster Harley, que es el verdadero dueño de esta comarca.

—Debió cumplir con su deber pese a todos los pesares —agregó el enviado del gobernador.

—Le prometo que de ahora en adelante sabré hacerme respetar —dijo el sheriff.

—Así lo espero, por su bien.

Siguieron charlando y, varios minutos después, preguntó Reagan que así se llamaba el enviado especial del gobernador:

—¿Dónde puedo ver a míster Harley?

—Probablemente a estas horas estará en el saloon.

—Pues vayamos a hablar con él.

Minutos después, entraban los tres en el saloon.

Pero Jim, fijándose en el caballo de Bonner, dijo:

—¡Ese caballo es el de Joe! ¿Habrá regresado...?

El sheriff y Reagan se fijaron en el caballo.

—No. Ese caballo pertenece a un amigo de míster Harley —dijo el de la placa.

—¿Es que no le ha reconocido usted? —Preguntó Jim muy serio.

—Confieso que no —repuso el sheriff, preocupado.

—Fíjese en la marca.

El representante de la ley se aproximó al caballo, diciendo:

—¡Es cierto...! No lo comprendo.

—Pronto sabremos lo sucedido —dijo Jim mientras se encaminaba hacia el saloon.

Reagan y el de la placa le siguieron.

Harley, Stuart y Bonner estaban sentados en compañía de Forrester a una de las mesas. Harley, al ver a Jim, dijo en voz baja:

—¡Ahí entra Jim en compañía del sheriff y un forastero!

Los acompañantes se fijaron en los recién llegados.

—¿Quién será ese forastero?

—Pronto lo sabremos. No me gusta esto.

Reagan se aproximó a Jim, diciéndole:

—Permita que hable yo primero con míster Harley.

—De acuerdo. Pero después seré yo quien interrogue.

A continuación Reagan se aproximó al grupo, preguntando:

—¿Quién de ustedes es míster Harley?

—Yo soy —respondió el aludido—. ¿Qué quiere?

—Mi nombre es Reagan y soy un enviado especial de Su Excelencia el gobernador.

Los allí reunidos palidecieron.

—He venido a averiguar lo que había de verdad sobre ese pistolero que ustedes han forjado —agregó Reagan—. Me refiero a Joe Baxter. Después de hablar con el sheriff y otros testigos, he llegado a la conclusión de que los pasquines que usted ordenó hacer son una injusticia y, por tanto, he ordenado al sheriff que mande recogerlos. ¿Tiene algo que comentar?

—¿Quiere decirnos los nombres de los testigos que interrogó? —Preguntó, sonriendo, Stuart.

—He interrogado a una muchacha y a varios vaqueros que fueron testigos de la muerte que Joe Baxter hizo en defensa propia.

—Puedo asegurarle que se ha dejado engañar.

—No lo creo yo así.

—¿Le han dicho que esa joven es la novia de Joe

Baxter?

—Sí.

—¿Y que este muchacho que le acompaña, es socio de ese pistolero?

—También. Pero el testimonio que más me ha convencido ha sido el del sheriff. Supongo que no estará ligado a Joe Baxter por ningún lazo, ¿verdad?

Harley y sus acompañantes miraron unos segundos fijamente al de la placa.

—Yo fui testigo —dijo Forrester— y puedo asegurarle que lo que hizo Joe con Slidell fue un asesinato que el sheriff no debió consentir.

—¡Eres un embustero, Forrester! —Exclamó Jim.

—Si no estuviera presente este caballero, te contestaría como te mereces —dijo Forrester—. Es lógico que pretendas defender a tu amigo y socio, pero debes reconocer que fue un asesinato, ya que disparó a traición sobre él.

—¡Quieto! —Ordenó Reagan—. Yo soy quien debe decidir y ya lo he hecho. Joe Baxter es inocente y, por tanto, no tiene nada que temer de las autoridades. Después de escuchar a los testigos, certifico que Joe Baxter mató en defensa propia y eso nunca ha sido un delito en el Oeste.

Y, mirando a Rogers Harley, le dijo:

—Espero que esté de acuerdo conmigo, míster Harley.

—Puede que sea usted quien está en lo cierto. Yo no estaba presente cuando sucedió. Pero, según la opinión de varios testigos, fue un asesinato.

—Como testigo presencial, yo puedo asegurar que le engañaron —dijo Jim.

—Tú no podrías decir otra cosa —agregó Forrester.

—Ni por Joe, a quien quiero como a un hermano, faltaría a la verdad —afirmó Jim, muy sereno.

—Yo tampoco acostumbro a decir mentiras, no lo

olvides —dijo, furioso, Forrester—. Y te aseguro que no soy un hombre de mucha paciencia.

—¡Quietos! —Volvió a ordenar Reagan—. No se hable más del asunto. Tan pronto como Joe Baxter se presente, el sheriff tendrá la obligación de protegerle y por el bien de todos, no obliguen a manejar el «Colt» de nuevo a ese muchacho.

Y, dicho esto, cogió por un brazo a Jim, llevándoselo hasta el mostrador.

Forrester y Bonner hicieron un raro movimiento, pero les contuvo Harley con la mirada.

—Sería una gran torpeza —dijo a continuación.

Jim, que se había olvidado del asunto del caballo, recordándolo en ese momento, se aproximó de nuevo a Harley y a sus acompañantes diciendo:

—¡Un momento! ¿De quién es ese caballo tan negro con las patas blancas?

—Mío. ¿Por qué? —Respondió Bonner.

—¿Hace mucho que lo tiene?

—Sí.

—¿Cuánto tiempo?

—No creo que pueda importarle.

—¿Dónde lo adquirió?

—En Sacramento.

Jim, mirando a Stuart, le dijo:

—Usted, según he oído decir, es muy entendido en caballos. ¿Es cierto?

—Así es.

—¿Le vendió ese caballo a este amigo?

—No. Es la primera vez que lo veo. Bueno, le vi hace tres días cuando llegó este amigo.

—¿Está seguro?

—No lo comprendo. ¿Es que cree que miento?

—Hay algo muy raro en esto, y es que no comprendo

que, después de acusar a Joe Baxter de cuatrero, no reconozca el caballo que aseguró que le pertenecía.

Todos se quedaron extrañados ante estas palabras y Stuart y sus amigos no pudieron evitar el palidecer.

—¿Qué quiere decir? —Dijo Harley—. ¿Quiere explicarse mejor...?

—Ese caballo pertenece a Joe Baxter, mi socio.

—¡Eso no es posible! —Exclamó Stuart.

—Puede comprobarlo usted mismo saliendo a la puerta y fijándose en la marca.

Bonner era contemplado por todos con recelo.

Reagan, observando a Stuart, dijo:

—Si ese caballo pertenece a Joe Baxter, como asegura míster Jim Boyd, eso demostraría que usted mentía al asegurar que le había sido robado por Joe Baxter. Y le aseguro que tendrá que explicar el motivo por el cual mintió.

—No puedo creer que ese caballo sea el de Joe Baxter. —Dijo Stuart.

Y se levantó de la mesa, dirigiéndose a la puerta seguido de sus amigos.

Se aproximó al caballo y todos se dieron cuenta de que su rostro empezaba a perder color.

—Es cierto —dijo—. La marca por lo menos es la de vuestro rancho. No lo comprendo.

—Yo puedo asegurar que es, efectivamente, el caballo en el cual huyó Joe —dijo el sheriff—. Todo esto es muy extraño. Sobre todo que usted no reconociera el caballo que aseguraba que le había sido robado por Joe Baxter. Creo que tendrá que explicarlo ante el tribunal que le juzgue.

Stuart estaba lívido.

—Confieso que jamás había visto este caballo. Y si, efectivamente, es el de Joe, esto me indica que Slidell me engañó. Ya que fue él quien me aseguró que el caballo de Joe nos pertenecía.

—Entonces, usted hizo la denuncia sin haber visto el caballo, ¿verdad?

—Así es —repuso Stuart, que iba recobrándose de la sorpresa—. No podía suponer que mi propio capataz me engañase. Siento lo sucedido y, tan pronto como Joe se presente, le pediré perdón ante todo el pueblo. ¡Mataría a Slidell de no estar ya muerto!

Jim sonreía escuchando a Stuart. Estaba seguro de que mentía, pero no podía demostrarlo ya que Slidell había muerto.

—¿Quiere decirnos dónde encontró o dónde adquirió este caballo? —Dijo Jim a Bonner.

—Ya se lo dije. En Sacramento.

Se interrumpieron ante la presencia de Paula que, al fijarse en el caballo, gritó loca de alegría:

—¡Joe! ¡Ha vuelto...! ¿Dónde está...?

—Debes tranquilizarte, Paula —dijo Jim—. Joe no ha venido. Este caballo pertenece ahora a este hombre.

Paula se fijó detenidamente en Bonner, diciendo.

—¡Se lo ha tenido que robar!

—Le ruego, señorita, que se tranquilice; no me agradaría darle su merecido —dijo Bonner muy serio—. No puedo consentir que me llame cuatrero aunque sea una mujer.

—¡Joe jamás vendería ese caballo! —Gritó Paula.

—Un momento, señorita —dijo Reagan—. Debe tranquilizarse. Pronto sabremos cómo llegó ese caballo a poder de ese hombre.

Y, dirigiéndose a Bonner, preguntó:

—¿Quiere decirnos cómo lo adquirió?

—Lo compré en Sacramento.

—¿A quién?

—Al sheriff.

Todos se miraron extrañados.

—¿Al sheriff? —Interrogó Jim.

—No estoy seguro de como paso —respondió Bonner—. Pero creo que su propietario murió en una pelea en un saloon con un pistolero muy famoso y el sheriff se apoderó del caballo, subastándolo después. Yo fui quien ofreció más por él.

Paula, sin poder contenerse, se abrazó a Jim llorando desconsoladamente. Jim la tranquilizó como pudo, diciendo:

—No debes creer eso. Puede que se lo quitaran y quien murió en Sacramento fuese el ladrón.

—¡No! —Exclamó entre suspiros la joven—. ¡Joe no dejaría que se lo robaran...!

—Y, ¿cómo era el propietario del caballo? —Preguntó Jim.

—No lo sé. No llegué a conocerle. Creo que era bastante joven. Y también oí decir que era muy alto.

—¡Es él! ¡Es él...! ¡Ha muerto, Jim! ¡Ha muerto! ¡Oh, Dios mío!

—Debes tranquilizarte, Paula. Yo iré a Sacramento para averiguar la verdad de todo esto.

Una vez que consiguieron entre todos tranquilizarla un poco, dijo:

—Me gustaría conservar ese caballo. Yo le daré el dinero que usted haya pagado por él.

—Créame que siento mucho darle este disgusto, señorita —dijo Bonner—. Pero me he encariñado con él y no lo vendería ni por todo el oro de California.

—Piense que es una cuestión sentimental —dijo Reagan.

—No puedo. Créame que lo siento, pero no estoy dispuesto a venderlo.

Paula, en silencio, montó en su caballo y se alejó en dirección al rancho.

—¡Pobre Joe! —Exclamó Jim.

Y mirando detenidamente a Stuart, le dijo con odio no disimulado:

—¡Es usted el verdadero responsable de su muerte!

—¿Yo...? No le comprendo.

—De no ser por su acusación, jamás hubiera marchado de aquí. ¡Pero yo sabré vengarle!

Y dicho esto se alejó seguido de Reagan y del de la placa.

—Debes tranquilizarte, muchacho —dijo Reagan—. Puede que Joe no haya muerto.

—Todo indica que sí.

Estaban llegando a la oficina del sheriff cuando un jinete extraño apareció en el horizonte.

—Es una mujer —dijo el de la placa—. Y no la conozco. No debe ser de los alrededores.

Esperaron a la puerta de la oficina contemplando a aquella muchacha.

Esta les saludó a distancia con la mano. Ellos correspondieron al saludo en igual forma.

Cuando desmontó la joven, Jim quedó admirado de su belleza.

Era Patricia.

—¡Hola, sheriff!

—Hola, muchacha —saludó éste—. ¿De dónde vienes?

—De Sacramento.

—¿Vienes en busca de alguien?

—Sí. Pero primero déjeme descansar unos minutos. Hace un calor sofocante.

—Pasa a mi oficina y descansa. Estarás mucho mejor dentro y podrás beber agua fresca.

—Muchas gracias. ¡Es lo que más deseo en estos

momentos! ¡Estoy verdaderamente sedienta!

(J.J. Montana)

Capítulo 9

—Las cosas empiezan a complicarse —dijo, preocupado, Harley—. Este caballo nos traerá muchas complicaciones.

—Si es cierto que el dueño ha muerto, no tenemos por qué preocuparnos —observó Stuart—. Sino todo lo contrario.

—No es así. Ese muchacho vivía cuando yo salí de Sacramento —dijo Bonner, ante la sorpresa de quienes le escuchaban.

—En ese caso, no creo que tarde mucho en presentarse.

—Tu hermano se preocupaba mucho de él. Y ya conoces a Bendix.

—Pero también conozco a Joe y sé que no se dejará sorprender. Tendrás que marcharte de esta comarca y ocultarte en las montañas.

—No creo que la cosa sea para tanto —dijo Bonner sonriendo—. Si es preciso, yo me encargo de ese joven y de sus amigos.

—De momento, debes desaparecer. No quiero que estés aquí cuando Joe se presente.

—No creía que Rogers Harley tuviera miedo a nadie. —Dijo, sonriendo, Bonner.

—¡Y no es miedo lo que tengo, Bonner...! ¡No lo olvides nunca! —Gritó, desesperado, Rogers—. Lo que me preocupa es que nuestro negocio puede venirse abajo por tu presencia aquí.

—Harley está en lo cierto —declaró Stuart—. Debes salir de aquí y reunirte en la montaña con los demás hombres.

—Yo creo que deberías enviar aviso a Flowers para que venga a encargarse de esos jóvenes.

—Ahora quien me preocupa es ese enviado del gobernador.

—Pronto se marchará de aquí.

—O puede que quiera esperar a que Joe se presente.

—Si fuera así, no creo que a Flowers le resultaría muy difícil provocarles.

—No debéis fiaros del aspecto pacífico de ese hombre y, mucho menos, de Jim. Los dos son muy peligrosos. Conozco a los hombres.

—Yo creo que lo mejor que podemos hacer es esperar unos días —dijo Forrester.

—Así lo haremos —agregó Harley—. Pero hoy mismo tendrás que marcharte de aquí.

—Como quieras. Lo haré —aceptó Bonner—. Aunque creo que es una gran tontería, porque yo puedo ayudaros en muchas cosas.

—Estarás en la montaña y en caso de necesidad, no dudaré en avisarte.

—Entonces, de acuerdo —dijo Bonner—. Me voy a marchar ahora mismo. Aunque confieso que estoy un tanto aburrido de vivir en las montañas. Con tu hermano, también tenía que vivir casi escondido y esto fue lo que hizo desconfiar al sheriff.

—Esto es otro problema —declaró Harley con tono serio—. De ahora en adelante, no creo que podamos atemorizar al sheriff.

—No te preocupes. Tan pronto como ese enviado del gobernador se vaya, volverá a obedecer nuestras órdenes como antes —dijo Stuart.

—No lo creo.

—Y en último caso, no sería difícil para nosotros conseguir que sufriera un desgraciado accidente.

—Todo esto he de pensarlo con mucho detenimiento y tranquilidad —dijo Harley—. No me gusta cómo se están poniendo las cosas.

—Si en este momento, tenemos mucho ganado para poder llevarnos, me parece que una retirada a tiempo sería un triunfo para ti —dijo Bonner—. Piensa lo que me ha sucedido a mí en Sacramento. Tuve que salir corriendo para poder salvar la vida y dejando en poder de los hombres del sheriff una verdadera fortuna en ganado, después de haber arriesgado mi vida por robarlos.

—A mí no me sucederá eso. Lo pensaré detenidamente y después sabré a qué atenerme. De momento hemos de esperar con mucha paciencia, los acontecimientos que se presenten. Si las cosas se ponen feas, dentro de quince días podremos apoderarnos de una manada de más de diez mil cabezas. Con el valor de ese ganado, podremos establecernos lejos de aquí.

—Yo creo que es preferible eliminar de una vez a todo aquel que nos estorbe.

—Eres excesivamente impulsivo, Forrester —dijo, sonriendo irónicamente, Harley—. Y eso es lo que perdió a muchos como nosotros. Hay que tener paciencia.

—No estoy de acuerdo contigo.

—Eso no me preocupa nada. Soy yo quien da las órdenes y, el que no esté de acuerdo con mi modo de proceder, puede marcharse cuando quiera. No retengo a nadie.

Forrester guardó silencio, pues no se atrevió a decir lo que estaba pensando.

—Ahora debes marcharte a las montañas. Forrester te indicará el camino. Ya verás que por esta zona, tenemos las cosas muy bien organizadas.

—Lo supongo. Siempre aseguré a tu hermano que no podía compararse su inteligencia con la tuya.

Harley sonrió satisfecho ante este halago.

Poco después, Forrester salió con Bonner.

Al quedar solos Harley y Stuart, dijo el primero:

—Ha sido una contrariedad la llegada de Bonner.

—Lo que más me preocupa es que todos se han dado cuenta de que la acusación que hice contra Joe Baxter era falsa.

—Debimos fijarnos en la marca del caballo de Bonner.

—¡Quién iba a imaginarse que era el caballo de Joe!

—Tienes mucha razón. ¿Será cierto que mi hermano tenía interés por Joe?

—Yo creo que sí.

—Entonces, eso me tranquiliza bastante, porque, jamás se le escapó un enemigo. Su local es una verdadera guarida de pistoleros.

—Pero como oíste a Bonner, la amistad con éste puede enfrentarle con todos.

—Mi hermano sabría engañarles.

—Desde luego; si le dio resultado el truco de la nota, puede que a estas horas Joe Baxter no exista. Aunque ese joven, es más inteligente de lo que suponemos para dejarse engañar por un truco tan infantil. Y, sobre todo, al sheriff de Sacramento, no creo que consiguiera engañarle.

—Estoy de acuerdo contigo —agregó Harley—. Es demasiado infantil la trampa que mi hermano le preparó.

—Debemos esperar unos días y, si las cosas se complican, levantamos el vuelo.

—De acuerdo. Me parece bien.

* * *

Patricia bebió hasta saciarse, pero lo hizo muy lentamente y con mucho cuidado.

El sheriff, Jim y Reagan, la contemplaban en silencio.

—No hay ninguna duda de que estaba totalmente sedienta —observó Jim—. ¿Qué tal se encuentra ahora?

—Perfectamente.

—¿Quiere decirme ahora a quién viene buscando?

—No he dicho que venga buscando a nadie, sheriff. ¿Es esto Virginia City?

—Sí.

—¿Conocen a un ranchero llamado Jim Boyd?

Todos se miraron extrañados. El más sorprendido era Jim. No comprendía que aquella muchacha preguntara por él.

—¿Qué les sucede? —Preguntó sonriendo, Patricia.

—Es que Jim Boyd soy yo, señorita.

Ahora Patricia contempló con curiosidad a Jim, diciendo al término de su observación:

—No comprendo cómo no le he reconocido después de la descripción que Joe me hizo de usted.

—¿Joe?

—Sí.

—¿Dónde le conoció?

—En Sacramento hace unos días.

Jim estaba hecho un lío. No sabía qué pensar de todo aquello. Si era cierto que aquella muchacha conocía a

Joe, ¿por qué venía preguntando por él? ¿Qué es lo que querría de él?

—Ya, pero, ¿cómo es Joe? —Preguntó de pronto y sin saber por qué.

Patricia se puso muy seria y contempló a Jim con mucha fijeza.

—¿Es que duda de mí?

—No es eso, señorita, pero han sucedido muchas cosas y quiero estar seguro de que es él.

—Está bien. Hablaré con Paula Keefer; no creo que ella sea tan desconfiada como usted.

Esto demostraba que aquella muchacha no mentía y por ello, dijo Jim:

—Debe perdonarme, señorita. Pero aún no sé el motivo que me llevó a desconfiar de usted.

—Puede que sea mi apariencia —dijo sonriendo Patricia—. Aquí traigo una carta para Paula. ¿Dónde podré ver a esa joven?

—En nuestro rancho —respondió Jim—. ¿Se quedará una temporada con nosotros?

—El ruego que traigo de Joe para usted es que me cuide y me proteja. Creo que me quedaré una temporada, si me lo permite.

—¡No sabe cuánto me alegro! —Exclamó Jim, contento.

—¿Hace mucho que Joe le entregó esa carta? ¿Cuándo le vio por ultima vez? —Preguntó Reagan.

Patricia se fijó en éste y preguntó a su vez:

—¿Quién es este caballero?

—Es una buena persona —respondió el sheriff.

—Hace unos cinco días —respondió Patricia—. Tardé tanto porque me entretuve en el camino.

—Lo comprendo. Entonces, usted no sabe que Joe murió, ¿verdad?

Patricia palideció visiblemente. Aquella noticia era

una sorpresa para ella.

—¿Quién les ha dicho que Joe haya muerto?

—No hace muchos minutos que nos lo acaban de comunicar.

—Pues cuando yo salí de Sacramento, él se dirigía hacia el norte. Quería dejar que pasaran unos días más antes de regresar.

Ahora fueron los hombres quienes se miraron extrañados.

—Si es cierto que Joe salió hacia el norte —dijo Jim— no pudo morir en Sacramento.

—Yo puedo asegurarles que eso no es cierto —dijo Patricia—. A no ser que regresara después.

—Entonces, si no ha muerto, es que le han robado su caballo.

—Eso sí es cierto —agregó Patricia—. El mismo día que yo salí de Sacramento, unas horas antes, un amigo mío, un cuatrero muy conocido en Sacramento se apoderó del caballo de Joe para huir del sheriff de aquella ciudad.

Todos la contemplaban extrañados.

—¿Es amigo suyo ese cuatrero?

—Sí. Pero ya le contaré todo —agregó Patricia—. Ahora me gustaría estar en un lugar donde poder descansar.

—Marcharemos ahora mismo al rancho.

—¿Y, cómo se llama ese cuatrero? —Preguntó el de la placa.

—Es conocido con el nombre de Bonner.

—Si asegura que es un cuatrero no comprendo como puede amiga de él —dijo Reagan.

—Estoy, mejor dicho, estaba trabajando por necesidad en un saloon de un granuja y allí le conocí. Se enamoró de mi y me defendía siempre.

—Comprendo —dijo sonriente Reagan.

—¿Y a quién conoce aquí Bonner? —Preguntó de

pronto Patricia que no hacía nada más que pensar en la presencia de Bonner allí.

—Tiene, por lo que hemos visto, buenos amigos.

—Serán de su calaña, estoy segura.

—Ahora mismo voy a hacerme cargo de ese cuatrero —dijo el de, la placa.

—¡Espere un poco, sheriff! —Dijo Reagan—. No debe descubrir que sabemos la verdad sobre ese personaje. Primero debemos averiguar el motivo por el cual se refugia aquí.

—Tendrá confianza en los amigos —dijo Patricia—. De no ser así, jamás permanecería en este pequeño pueblo. Es un hombre al que le gustan las grandes ciudades.

Jim estaba pensativo.

—Si es cierto que Bonner la conoce, será un peligro para usted que la vea.

—Estoy segura de que sería capaz de disparar sobre mí. No permiten ninguna traición.

—Entonces, hemos de evitar que la vea.

Patricia miró detenidamente por la ventana y exclamó:

—¡Ahí va Bonner! ¿Quién es el que le acompaña?

Fue el sheriff quien respondió:

—Es Forrester, el capataz de míster Harley.

Patricia palideció visiblemente.

—¿Cómo ha dicho que se llama el ganadero?

—Harley —respondió el de la placa—. ¿Es que le conoce?

—¿Rogers Harley? —Preguntó Patricia.

—Así es —respondió Jim contemplando al sheriff y a Reagan.

—¡Es una persona muy peligrosa!

—¿Le conoce?

—No, personalmente, pero he oído decir cosas de él que pondrían la carne de gallina a más de un asesino. He trabajado con su hermano. ¡Un momento! ¡Si Harley está aquí, estoy segura de que Bendix también ha venido aquí! ¿No hay otro forastero en ese rancho?

—Que nosotros sepamos, no —respondió Jim.

—No —aseguró el sheriff.

—Es extraño. Bendix tuvo que salir huyendo de Sacramento para evitar que Joe le matara.

Y Patricia, a continuación, refirió cómo había conocido a Joe y todo lo sucedido hasta su salida de Sacramento.

Cuando finalizó, dijo Jim:

—Eso me demuestra que Joe estaba en lo cierto al desconfiar de Harley. Siempre me aseguró que bajo ese aspecto de caballero se ocultaba un cuatrero.

—Y yo puedo asegurarles que no se equivocó.

—¿Está dispuesta a firmar una declaración?

—Primero hemos de vigilar el rancho de Harley y sus alrededores —dijo Jim.

—Pero con la declaración de esta muchacha podríamos encerrar a ese cuatrero y cuando Joe se presente entregarle su caballo —dijo el sheriff.

—Yo me encargaré de hablar con los cuatreros —se ofreció Reagan—. Hemos de encontrar pruebas contra Harley y su grupo. Tan pronto las consigamos, yo personalmente me ocuparé de ellos.

—No creo que nos resulte difícil conociendo su pasado.

—Puede que haya cambiado.

—No —dijo Patricia—. Más de una vez oí decir a su hermano que Harley lo tenía todo bien preparado y que nadie desconfiaría del presidente de la Asociación de Ganaderos de esta comarca.

—Yo me encargaré de vigilar ese rancho —dijo Jim—. Creo que ha sido una suerte para esta comarca su llegada, señorita. Ahora vayamos rápidamente al rancho. Hemos de dar la noticia a Paula. Ella en estos momentos, esta llorando por él.

Minutos después, las cuatro personas que se encontraban reunidas en la oficina del sheriff cabalgaban en dirección al rancho de Joe y Jim.

Bend estaba consolando a Paula.

Jim hizo que Paula escuchara con suma atención a Patricia y, una vez que ésta finalizó de hablar, abrazó a la joven loca de alegría.

—¡No sabes la alegría que me has proporcionado...! —Exclamó abrazándola.

Paula le hizo muchas preguntas y Patricia dijo:

—No se ha enamorado de mí, Paula. Puedes creerme. Es un gran muchacho y puedes estar orgullosa de él.

Paula se abrazó de nuevo a Patricia llorando de alegría.

—No tardará mucho en presentarse. Por lo menos así me lo aseguró —agregó Patricia.

—Y así me lo asegura en esta carta —declaró Paula loca de alegría después de leer la carta de Joe.

Patricia se fijó detenidamente en Bend y de pronto se encaminó hacia él y, en silencio, le abrazó llorando.

Bend contemplaba a todos sin ocultar su extrañeza.

—¿Qué le sucede, señorita? —Preguntó acariciando a la joven.

—¿Es que no me has reconocido, viejo zorro...? ¡Soy Patricia Bend!

Ahora ninguno salía de su asombro. El viejo Bend abrazó a la joven, que no era otra que su sobrina.

—¿Qué fue de tus padres? —Preguntó Bend.

—Murieron. Hace un año que vine de Kansas City en busca de tu protección y, al no encontrarte donde te suponía, tuve que ponerme a trabajar en un saloon que estaba lleno de granujas y de los cuales me defendí con gran valor para no mancharme con el lodo.

—¡Aquí estarás tranquila, hija! —Exclamó Bend—. Y con mi sueldo, podremos comer y vivir felices.

—Se quedará en el rancho, ¿verdad? —Dijo Jim sonriendo—. La vieja Lorraine se lo agradecerá mucho, ya que Paula, con la escuela, no puede ayudarle mucho.

—¡Será como una hija para mí! —Exclamó la vieja Lorraine.

Patricia no pudo reprimir su llanto.

(J.J. Montana)

Capítulo 10

Dos días más tarde, Joe se presentó en el rancho, con gran alegría de todos.

Paula y Joe se abrazaron con incontenido gozo.

Patricia también abrazó al muchacho, diciéndole lo que sucedía y los personajes que habían llegado a Virginia City.

Bend dio las gracias a Joe por lo que hizo con su sobrina.

Joe, todavía sorprendido con esta noticia, dijo sonriendo:

—Creo que debemos agradecer a Stuart que me acusara de cuatrero. De no ser así, jamás te hubiera conocido y probablemente, no hubieras encontrado a tu tío.

—Así es —admitió Patricia sonriendo—. Pero ahora debes andar con mucho cuidado. Bendix es muy peligroso con las armas. Pero creo haber oído en su local que su hermano y el socio de éste son mucho más peligrosos.

—Gracias por el consejo, pero podremos con ellos llegado el momento —afirmó Joe.

—Así es —dijo Jim.

—¿Has conseguido averiguar algo, Jim?

—Sí. Descubrí mucho movimiento de ganado en el rancho de Harley y Redmond.

—¿Ganado robado?

—Creo que sí. Aunque será difícil demostrarlo.

—Si hay varias marcas, no creo que nos sea difícil.

—Te olvidas de algo muy importante, Joe.

—¿A qué te refieres?

—Harley, como presidente de la asociación, está preparando una manada para llevar las reses hasta la estación de embarque.

—Se puede hablar con los rancheros y saber el número de cabezas que cada uno ha entregado a Harley.

—Pero se negará a que se efectúe el recuento.

—Será sencillo para nosotros.

—No te comprendo.

—Estoy seguro de que deben tener por estas montañas más ganado que, una vez puesta en marcha la manada, se unirá a ella.

—Si lo hacen así y les cogemos, podríamos librarnos de esos granujas para siempre.

—Tan pronto como se enteren de tu llegada se pondrán en guardia —dijo Patricia.

—Estoy deseando encontrarme con Bendix y Bonner —declaró Joe—. Te aseguro que esta vez no se me escapará ese cobarde.

—Bonner ha debido marcharse de aquí —observó con tranquilidad Jim—. Desde el día que llegó Patricia no se le ha vuelto a ver.

—No andará muy lejos. Seguro que estará en el rancho de Harley o de Redmond.

—Posiblemente.

—Ahora vayamos al pueblo —propuso Joe—. Estoy

deseando ver a Stuart. Como no me pida perdón, creo que le mataré.

—No debes utilizar el arma —dijo Paula—. Si lo haces, puede que te obliguen a huir de nuevo y creo que no podría resistir otra separación.

—No sucederá nada, Paula. Pero hemos de defendernos de ese grupo que, al parecer, está muy bien organizado.

Estaban hablando cuando el sheriff se presentó con Reagan.

El de la placa saludó a Joe y le pidió perdón por lo que sucedió con anterioridad.

—¿Ha hablado con los rancheros? —Preguntó Jim.

—Sí. Todos ellos aseguran que entregaron diversas cantidades de ganado a Harley para que sus hombres se encargaran de llevar la manada al embarcadero.

—¿Recuerdas las cantidades que entregaron cada uno?

—Sí. Aquí las tengo anotadas.

—Entonces, ahora lo que tenemos que hacer es vigilar esa manada —dijo Joe.

Siguieron charlando y, una hora más tarde, los cuatro hombres se encaminaron hacia el pueblo.

Todos contemplaban a Joe sorprendidos. Sabían que, con la llegada del muchacho, habría problemas en el pueblo. Por ese motivo, fueron muchos los que les siguieron, entrando en el saloon tras ellos. No querían perderse lo que sucediera.

Stuart estaba en el saloon en compañía de Harley y otros vaqueros.

Tan pronto como se fijaron en los recién llegados, Stuart se encaminó con valentía hacia Joe diciéndole:

—Sé que estarás muy enfadado conmigo, cosa que comprendo, pero debes comprender que yo no podía dudar de mi capataz. Slidell fue quien me aseguró que el caballo que tenías en tu rancho era de nuestra propiedad. Por ello hablé con el sheriff y formulé la denuncia. Espero que sepas perdonar mi error.

Joe, después de escuchar estas palabras, no sabía qué decir. Al fin, luego de unos segundos de duda, dijo:

—Me alegro oírle hablar así. Venía dispuesto a que fueran las armas las que dijeran la última palabra.

—Yo, si estuviese en tu caso, creo que no me conformaría con que me pidieran perdón —confesó Stuart—. Siento haberte causado tanto daño.

—Está olvidado.

Joe y sus acompañantes se dirigieron al mostrador y pidieron algo de beber.

El grupo de Harley y el de Joe se contemplaban mutuamente.

Reagan, fijándose en un vaquero que acompañaba al grupo de Harley, se encaminó hacia él, exclamando:

—¡Qué sorpresa! ¡Si es Flowers en persona!

Todos se fijaron en el indicado, viendo que empezaba a palidecer visiblemente.

Flowers, contemplando a Reagan con curiosidad, dijo:

—No creo haberle visto antes de ahora.

—¿Tan mala memoria tienes, Flowers? —Dijo, burlón, Reagan.

—Si le hubiera visto alguna vez le recordaría, estoy totalmente seguro.

—Fue en Carson City, hace, aproximadamente, un año.

—Yo no he estado en Carson City en mi vida.

—No me agradan los embusteros, muchacho —declaró Reagan muy serio—. Nos conocimos en el saloon de Brian. Aquella vez conseguiste traicionarnos y mataste a dos compañeros míos. ¿Recuerdas?

—Creo que me confunde con otro —respondió Flowers, sereno, pero muy pálido—. Ya he dicho que no estuve nunca en Carson City.

Reagan, sonriendo por lo bajo, se rascó la nariz. Después de unos segundos, preguntó a Harley:

—¿Hace mucho que conoce a Flowers?

Harley no sabía qué responder. Pero la mirada de Flowers era todo un dilema y por ello dijo:

—Sí.

—¿Trabaja para usted?

—No. Ha llegado hoy.

—¿Sabe que siempre se dedicó al robo de ganado?

Harley, ante esta pregunta, enmudeció. Flowers, poniéndose en pie, murmuró:

—Es muy peligroso lo que está diciendo.

—Esta vez no podrás sorprenderme, Flowers. ¿Quieres decir a estos caballeros quién soy?

—He dicho que no te conozco.

—Yo repito que estás mintiendo a sabiendas de que lo haces.

—Tenga cuidado con su lengua.

—Tú sabes que, en pelea noble, jamás podrás conmigo.

—¿Está seguro, inspector...?

—¡Continúa! ¡No te detengas! ¿No decías que no me conocías?

Flowers se mordió los labios de rabia.

Sin darse cuenta había confesado que conocía a Reagan y que, por tanto, estaba mintiendo. Ya no había remedio y por ello repuso:

—Acabo de recordar que, efectivamente, le conozco.

—¡Me conociste desde un principio.! ¿Quieres decir a tus amigos quién soy?

—Es el inspector Reagan, de los federales.

Todos se miraron sorprendidos.

—¿Qué te une a estos caballeros, Flowers?

—Simple amistad, inspector.

—¿No tienes negocios con ellos?

—No. He llegado hace unas horas a este pueblo.

—¿De dónde venías?

—De California.

—¿Piensas quedarte aquí?

—Sí. Me han dado trabajo.

—La amistad con Flowers no dice nada en su favor, míster Harley.

—Le aseguro, inspector, que mi vida ha cambiado desde entonces.

—No puedo creerte.

—¡Se lo juro!

—A pesar de ello, tendrás que venir conmigo a Carson City. Allí serás juzgado por la muerte de dos agentes. Creo que no te salvará nadie de la cuerda.

Flowers, convencido de que el inspector quería llevarle a Carson City, reaccionó como estaba acostumbrado, diciendo:

—Sentiría mucho tener que disparar sobre usted, inspector. Será preferible que olvide aquello y me deje vivir en paz.

—Tendrás que venir conmigo, Flowers.

—Si insiste, tendré que matarle.

—Tú sabes que no podrás esta vez conmigo.

—Ya me conoce. No debe olvidar lo que sucedió en el saloon de Brian.

—Aquello fue un asesinato.

—No pretenda engañarse usted mismo, inspector. Conseguí eliminar a aquellos dos gracias a mi velocidad y seguridad. Usted se libró por verdadero milagro.

—Esta vez no podrás traicionarme.

Todos los reunidos contemplaban la escena sin respirar.

Mientras, Joe y Jim vigilaban al grupo de Harley.

Uno de los vaqueros, que estaba sentado en el grupo, y protegido por otros compañeros, poco a poco fue descendiendo la mano derecha hasta el «Colt» del mismo lado.

Joe se hallaba pendiente de él.

Cuando el vaquero sacaba el «Colt», sonó un disparo y aquél cayó de bruces sin vida ante la sorpresa de los reunidos.

Todos contemplaban sorprendidos a Joe.

Reagan, imaginando lo sucedido, dijo sin perder de vista a Flowers:

—¡Gracias, Joe...! Creo que te debo la vida.

—¡Ha sido un asesinato! —Exclamó Harley.

—¡No! ¿Quiere fijarse en ese cadáver antes de hablar? —Indicó Joe.

Harley lo hizo y, al ver el «Colt» que el vaquero empuñaba, repuso, muy pálido:

—Lo siento, Joe. Pero no me había fijado en él.

Joe, sin hacer el menor comentario, enfundó de nuevo sus armas.

Reagan, sonriendo, dijo:

—Veo que ahora no estás tan sereno, Flowers. ¿Qué te sucede? ¿Confiabas acaso en ese traidor...? ¡Sí; creo que es eso lo que te sucede!

Flowers empezaba a perder la serenidad. Era verdad que confiaba en aquel compañero. Por eso miró con odio a Joe. De no ser por él hubiera sorprendido al inspector y a aquellas horas estarían libres.

—¿Pertenece a su rancho, míster Stuart?

—No.

—¿Y al suyo, míster Harley?

—Tampoco. Era un amigo y compañero de Flowers.

—¿Vino con él?

—Sí.

—Pues a ése le había visto yo varias veces por el pueblo —dijo el sheriff.

Reagan miró al sheriff y preguntó:

—¿Está seguro?

—Completamente.

—Eso indica que no debían estar muy lejos de aquí.

Ese comentario tuvo la virtud de hacer temblar a Harley y a Stuart.

—Le encontré a pocas millas del pueblo —dijo Flowers—. Nos habíamos conocido en California hace varios años.

Esta respuesta de Flowers tranquilizó a sus amigos.

—Sheriff —dijo Reagan—, este hombre quedará bajo su vigilancia hasta que regrese yo a Carson City. Usted responderá con su vida de él.

—En mi oficina estará seguro —afirmó el sheriff.

—Y, ¿quiere decirme cómo va a conseguir detenerme? No va a ser nada sencillo —dijo Flowers al tiempo de arquear sus piernas y sus brazos dispuesto a iniciar el viaje a su arsenal.

—Siempre será preferible para ti pasar una larga temporada en la cárcel antes que morir ahora por hacer el menor movimiento —observó, sereno, Reagan.

Harley y sus amigos contemplaban a Reagan sorprendidos.

A juzgar por su aspecto, parecía un hombre inofensivo y, sin embargo, estaban comprobando que debía ser muy peligroso cuando se atrevía a enfrentarse con Flowers en igualdad de condiciones a pesar de conocerle.

—Siento tener que matarle, inspector —dijo Flowers sonriendo—. Pero no tengo más remedio para evitar que cumpla su palabra.

—Tú estás seguro que, llegado el momento, no seré yo el que caiga. Por ello no te atreves a hacer el menor movimiento.

—¡Lo demostraré enseguida...!

Y, mientras hablaba, sus manos fueron veloces en busca de sus «Colt». Pero cuando conseguía empuñarlos y, antes de que terminase lo que estaba diciendo, cayó sin vida.

Reagan, con los «Colt» empuñados, contempló en silencio durante unos segundos a Harley y a sus amigos. Todos temblaron ante aquella mirada.

—No me gustan sus miradas, míster Harley —declaró Reagan, enfundando.

—Yo no le conocía en ese aspecto, inspector —dijo Harley—. Siempre le creí una persona honrada.

Reagan miró fijamente a Harley y, sonriendo guardó silencio.

Después, se reunió con Joe, Jim y el sheriff.

Harley habló en voz baja con Stuart y se pusieron en pie dirigiéndose hacia la puerta.

—Un momento, míster Harley —dijo Joe—. ¿Quiere decirme dónde podré ver al hombre que se apoderó de mi caballo?

—No puedo decírselo, Joe. Hace unos días que se marchó de este pueblo. Creo que fue a Carson City.

—Bueno. El aseguró que había comprado ese caballo —declaró Stuart.

—¿A quién?

—Al sheriff de Sacramento.

—Cosa curiosa. Del sheriff de Sacramento es de quien Bonner huía —observó Joe.

—No lo comprendo.

—¿Es que acaso no se lo dijo?

Harley miró detenidamente a Joe y replicó:

—Hay cierta duda en sus palabras que no me agrada.

—Es extraño que sólo conozca de sus amistades la

parte buena —agregó Reagan.

—Puede que resulte extraño, pero así es —dijo sereno Harley.

—Pero... ¿Cómo consiguió Bonner apoderarse de su caballo? —Preguntó Stuart.

—Estábamos discutiendo el sheriff de allí y yo cuando Bonner aprovechó la oportunidad para montar en «Renegado» y salir huyendo rápidamente.

—¿Por qué discutía con el sheriff? —Preguntó Harley.

—Porque su hermano quiso hacerle ver que a quien fue a ver a su saloon era a mí y no a él. Para ello preparó algo muy infantil.

Harley miró asombrado a Stuart. No comprendía que Joe supiera que Bendix era su hermano.

—Yo no tengo ningún hermano —dijo sonriendo.

—¿Estás seguro?

—Por lo menos, yo jamás supe que tuviera algún hermano —dijo, riendo, Harley—. Y de haberlo tenido, no creo que mis padres me lo hubieran ocultado.

Todos los reunidos sonrieron.

Joe, sonriendo también, dijo:

—Puede que me engañaran. Aunque la persona que me lo aseguró conocía muy bien la vida de Bendix.

—Bendix siempre fue un gran amigo.

—Pues es una amistad que tampoco le honra —observó Joe—. El sheriff de Sacramento daría algunos años de su vida por echarle la mano encima, así como a Bonner. Bendix era el jefe de una organización de cuatreros en Sacramento y Bonner el que ejecutaba sus órdenes.

—Veo que voy de sorpresa en sorpresa. No comprendo que todas mis amistades hayan cambiado tanto.

—Si realmente hubieran cambiado, la sociedad estaría contenta. Lo peor es que siguen siendo como fueron siempre —comentó Reagan.

—¿No ha venido Bendix a saludarle todavía? —Joe, preguntó—. Me aseguraron que venía hacia aquí.

—Por ahora no ha llegado. Pero, después de saber todo lo que sé, no estará en mi rancho ni un minuto más que el tiempo necesario para echarle de él.

(J.J. Montana)

Capítulo 11

—No comprendo que ese muchacho sepa que eres mi hermano —dijo Harley mientras paseaba nervioso por el comedor de su rancho.

—No puede estar más claro —declaró Bendix—. Patricia debió hablarle de nosotros.

—Si es así, esa muchacha pudo decir cosas que nos pueden causar daño.

—Ella no está aquí y, por tanto, no hay por qué preocuparse.

—¿No vendría hacia aquí esa muchacha? —Preguntó Stuart.

Esta sencilla pregunta hizo que todos guardasen silencio durante algunos minutos. Todos paseaban nerviosamente por el comedor.

El único que estaba tranquilo era Bonner.

—Si es así, cosa que no sería extraño —observó Harley—, hemos de actuar con rapidez. Si esa muchacha habla con el inspector estamos perdidos.

Bendix, parándose de pronto, exclamó:

—¡Hemos de imponernos por la fuerza...! ¡Yo me encargaré de esos jóvenes!

—Por primera vez he oído algo sensato —dijo Bonner tranquilamente.

—Lo que a mi me inquieta, es ese inspector.

—¿Tiene algo contra ti?

—No.

—Pues entonces no tienes por qué preocuparte —agregó Bendix—. Nosotros nos encargaremos de provocarle. Tenemos motivos más que sobrados para hacerle desaparecer.

—Pero después de lo que me has contado que hizo contigo en Sacramento —dijo Harley—, sería una temeridad provocarle en una pelea noble.

—Aquello fue una suerte. Además yo estaba muy pendiente del sheriff. De lo contrario estaría muerto a estas horas.

—No lo creas, Bendix —opinó Harley—. Ese muchacho es demasiado peligroso.

—Si tienes miedo, nosotros nos encargaremos de ellos —se ofreció Bonner—. Lo único que puedo deciros es que estoy cansado de huir. ¡Quiero establecerme aquí, o donde sea, con plena tranquilidad!

—No vuelvas a decir eso, Bonner —dijo, muy serio, Harley e inclinado sobre sí—. Sentiría mucho tener que matarte, pero lo haría.

—Sé que eres muy rápido, Rogers, pero no creas que te resultaría sencillo. Soy hombre que no me fío de nadie, ¿comprendes?

Y, al decir esto, empuñaba ya un «Colt».

Harley palideció visiblemente.

Tuvo que intervenir Bendix para apaciguarles.

—Creo que estamos perdiendo el control de los nervios sin motivo. Hay que serenarse o, de lo contrario, no podremos pensar con tranquilidad en algo útil.

—Tienes razón —dijo Harley—. Hemos de pensar con serenidad.

—Lo que tenemos que hacer —indicó Bonner— es salir mañana mismo con esa manada y aprovecharnos por lo menos de los beneficios de su venta. De lo contrario, puede suceder lo que nos sucedió en Sacramento.

—Aquí será distinto —afirmó Bendix—. Además, yo no pienso marcharme sin antes ajustarle las cuentas a ese muchacho.

—Debes escuchar el consejo de tu hermano —dijo Harley—. No le provoques en pelea noble. Te sobrarán ocasiones sin que sea preciso que expongas tu vida.

—Yo creo que si nos enfrentamos todos con ellos, conseguiremos eliminarles —dijo Bonner—. Solamente aquí, sin contar con los hombres que están en la montaña, hay cinco pistolas consideradas como muy veloces por varios sheriffs.

—Estoy de acuerdo con Bonner —declaró Forrester—. Esto, bien montado, dentro de unos meses sería una mina inagotable de riqueza.

Los hermanos Bendix se miraron en silencio y, después de unos paseos por el comedor, ante la ansiedad de los que esperaban la respuesta, dijo Harley, o sea, Rogers Bendix:

—¡De acuerdo...! Creo que estáis en lo cierto. Les demostraremos que tenemos una organización perfecta. Esos muchachos, se darán cuenta muy pronto de lo que somos capaces de hacer.

—¡Eso es hablar con sentido común! —Exclamó Bonner, contento.

—Pero no debéis olvidar que Joe me pertenece —dijo Bendix—. Me ha causado mucho daño y además me ha hecho perder muchos dólares.

—Descuida; llegado el momento, tú te encargarás de él. Aunque yo le considero el más peligroso.

Un vaquero llamó a la puerta. Una vez que le dijeron que entrara, lo hizo, diciendo:

—¡Patrón! Hemos descubierto a Joe y a Jim en compañía de ese inspector investigando entre el ganado.

—¡Maldición! —Exclamaron Rogers y Stuart al unísono—. ¡Hemos de actuar sin pérdida de tiempo!

—¿Por qué no habéis disparado sobre ellos? —Preguntó Forrester.

—No sabíamos si sería de su agrado.

—Está bien —agregó Rogers—. Nosotros nos encargaremos de ellos. Además no hay por qué preocuparse. Todos los rancheros asegurarán que nos han traído muchas reses para que yo me encargara de su traslado al mercado.

—Les hemos seguido hasta las proximidades del rancho de Joe y Jim. Descubrimos algo que nos sorprendió mucho —dijo el vaquero.

—¿Qué es...?

—Vimos a una muchacha desconocida en compañía de ellos.

—¡Patricia! —Exclamó Bendix—. ¡Maldita sea! ¡Pero me las pagará también!

—Si es ella —agregó Bonner, más sereno— el inspector sabrá a estas horas muchas cosas sobre nosotros.

—También sufrirá un accidente ese inspector —dijo Forrester en tono lleno de odio.

—¡Hemos de actuar rápidamente! —Exclamó Harley—. Antes de que ese inspector hable con los rancheros, cosa que hará sin pérdida de tiempo. Si no conseguimos evitarlo, estamos perdidos; todos los rancheros les ayudarán.

—Vayamos ahora mismo al pueblo. Seguramente les encontraremos allí.

—Si es cierto que Joe está aquí —dijo Bendix—. El se encargará de provocarnos.

—Así será mucho más sencillo para nosotros y los testigos comprenderán que no fuimos los provocadores —agregó Bonner—. Está bien pensado.

Minutos después se ponían en marcha.

Pero antes, Rogers y Stuart hablaron con sus vaqueros para que salieran cuanto antes con la manada hacia Hazen. Ellos les alcanzarían antes de llegar.

Los vaqueros se pusieron a preparar el ganado y dos horas después, una numerosa manada salía hacia el nordeste.

* * *

—Hemos comprobado que existen el doble de cabezas que las que los rancheros les entregaron —dijo Reagan en el rancho de los muchachos—. Así que ahora hablaré a los rancheros para que nos ayuden.

—No es necesario —dijo Joe—. Nosotros cuatro podremos solucionar este asunto.

—Yo me encargaré de detenerles —dijo el sheriff—. ¡Nos tenían engañados!

—He de confesar que estabas en lo cierto, Joe —dijo Jim—. Admito que estaba engañado con esos caballeros y que, efectivamente, tras esa planta de honrados rancheros, se ocultaban los cuatreros mejor organizados que he conocido.

—Siempre dudé de ellos y, caso curioso, no podría decir el porqué de mi desconfianza —declaró, sonriendo, Joe—. Creo que era mi sexto sentido el que me aconsejaba que no me fiase.

Bend, que desde una colina vigilaba el rancho de Harley, al ver el movimiento que había cabalgó hacia el rancho de sus patrono.

Se reunió con ellos, diciendo:

—¡Hay mucho movimiento en el rancho de Rogers...! Han debido desconfiar, ya que están preparando el ganado para salir.

—¿Está seguro?

—Cuando vine hacia aquí, se ponían en marcha.

—¡Hay que detener esa manada! —Exclamó Reagan.

—Hablaremos con algunos rancheros y que sean ellos con sus hombres quienes eviten la salida de ese ganado —indicó Jim—. ¿Y Rogers y sus amigos?

—Vi a un grupo de jinetes que se dirigían al pueblo.

—Entonces iremos a por ellos —dijo Reagan—. Que se encarguen los rancheros de evitar que les roben sus reses. Nosotros nos encargaremos del cuadro directivo.

Patricia, tan pronto como se enteró, se acercó a Jim y le dijo:

—Procura ser muy rápido si os enfrentáis con ellos. Son excesivamente peligrosos. Y no olvides que me gustaría verte con vida.

Esto era una confesión de amor que nadie esperaba y, por tanto, todos sonrieron viendo la cara de sorpresa de Jim, pero, pasados los primeros momentos de sorpresa, exclamó:

—¡Después de oír tus palabras, no habrá bala que logre alcanzarme!

Y, sin preocuparse de los testigos, abrazó a Patricia, besándola.

Todos sonreían contemplando la escena.

Bend, el viejo vaquero, estaba contento de que su sobrina se hubiera enamorado de Jim. ¡Era un gran muchacho!

Paula hizo un comentario parecido, rogando a Joe que tuviera mucho cuidado y, después, los cinco hombres se pusieron en marcha.

* * *

—¡Ahí llegan esos muchachos en compañía del sheriff, el viejo Bend y ese inspector! —Dijo Forrester a sus amigos.

Rogers, Bendix, Bonner y dos vaqueros más, se pusieron en guardia.

Ambos grupos se vigilaban con atención.

Joe se adelantó a sus amigos, exclamando:

—¡Pero si está aquí el cobarde de Bendix!

—Aquí, de haber algún cobarde, solamente puedes serlo tú —dijo, sereno, Bendix.

—¿Dónde está mi caballo, Bonner? —Preguntó de nuevo Joe.

—No sé de qué caballo me estás hablando. El que tengo es mío. Además no creo conocerte.

—Pero yo a ti sí y puedo asegurar a todos los presentes que eres el cuatrero más cobarde que ha habido en la Unión.

—Creo que eres un muchacho sin sentido común. Esos insultos pueden costarte la vida. ¿Lo has olvidado?

—¿Te dijo Bendix que no dio resultado aquella nota que dejaste para mí? ¡Era demasiado infantil para poder engañar a nadie!

—Yo, en tu lugar, no permitiría que me hablasen así, Bonner —dijo Forrester.

—Cuando él lo hace, es señal de que tiene motivos para consentirlo, ¿verdad?

—Sentiría tener que matarte, muchacho.

—Nada de eso. Yo te aseguro que dentro de poco os mataré a vosotros —agregó Joe, ante la sorpresa de los reunidos.

—Creo que eres un joven que no se da cuenta del verdadero significado de lo que dice —observó Rogers.

—Quien niega la existencia de un hermano es repulsivo para mí —dijo Joe, sonriendo—. A no ser que sea más cuatrero que uno mismo.

—¡Hablas demasiado! —Le interrumpió Forrester—. Y de ser yo quien discutiera contigo, a estas horas ya no existirías.

—¿Desde cuándo tienes tanto valor, Forrester?

Siguieron discutiendo durante más de media hora.

Un grupo de vaqueros, a la cabeza de los cuales iban unos rancheros conocidos, hicieron su entrada en el saloon, diciendo uno de ellos:

—¡Estaba usted en lo cierto, inspector! ¡Nos estábamos dejando engañar por una partida de cuatreros!

Harley y compañía se miraron sorprendidos.

—¿Han detenido la manada? —Preguntó el sheriff.

—Sí. Y todos sus componentes están a buen resguardo.

—¡Nosotros nos encargaremos de linchar a estos cobardes cuatreros que supieron abusar de la confianza que depositamos en ellos! —Gritó otro ranchero.

El grupo formado por Harley y sus amigos se miraron aterrados al ver los rostros de los recién llegados. Estaban seguros que, de no actuar rápidamente y con suerte, les había llegado su última hora.

Por ello se dispusieron a defenderse.

—¡Sirve unos whiskys a esta organización de cuatreros! —Exclamó Joe—. ¡Entregarán a la justicia y por sus delitos una vida por cada whisky!

—¡Basta ya...! ¡No estoy dispuesto a consentir tanto

insulto! —Gritó Rogers.

Y sus amigos le imitaron.

Los testigos gritaron sorprendidos al ver tantas manos que iban en busca de los «Colt».

Pero sólo las armas de Jim, Joe y Reagan, dispararon con seguridad y rapidez evitando así que fueran ellos los alcanzados.

Jim demostró ser el más peligroso de todos, ya que fue el que disparó sobre Rogers y Bendix, que eran los que se habían adelantado al grupo, no pudiendo evitar, a pesar de su rapidez, que disparasen los hermanos, aunque sin dirección, ya que cuando lo hicieron sus corazones habían dejado de latir.

Segundos después de la primera impresión, los testigos felicitaron a los matadores del grupo de cuatreros.

—Ahora podré regresar a Carson City tranquilo —dijo Reagan—. Virginia City quedará tranquila. Sólo vendré a vuestra boda.

Joe y Jim se echaron a reír, así como los testigos.

—Le avisaremos —prometió Jim.

Poco después, un vaquero le avisó a Joe, que habían encontrado en el establo a su querido caballo.

* * *

Meses más tarde se celebraba una doble boda en Virginia City con la asistencia de la mayoría de sus habitantes.

En el momento de empezar la ceremonia, la puerta de la capilla se abrió de golpe y la figura del inspector Reagan apareció sonriente diciendo:

—¡Creí que llegaría tarde!

Todos se echaron a reír.

Joe comentó:

—Estábamos pensando mal de usted. Creíamos que no iba a cumplir su palabra, inspector.

—Y nosotras no le hubiéramos perdonado jamás. ¿Verdad, Patricia? —Dijo Paula.

—Así es.

—Creo que habrá un famoso pistolero que bendiga esta boda —observó Reagan—. Gracias a ello le he dejado escapar. ¡Si hubiera llegado tarde a pesar de ello, jamás me lo hubiera perdonado!

Todos los asistentes rieron de *buena gana.*